Bianca

UNIDOS POR LA PASIÓN

CAITLIN CREWS

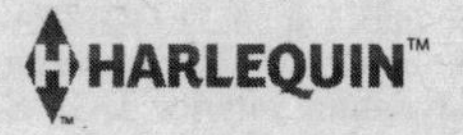

Editado por Harlequin Ibérica.
Una división de HarperCollins Ibérica, S.A.
Núñez de Balboa, 56
28001 Madrid

Unidos por la pasión, n.º 2643 - 22.8.18
Título original: A Baby to Bind His Bride
Publicada originalmente por Mills & Boon®, Ltd., Londres.

I.S.B.N.: 978-84-9188-366-1
Depósito legal: M-19490-2018
Impresión en CPI (Barcelona)
Fecha impresion para Argentina: 18.2.19
Distribuidor exclusivo para España: LOGISTA
Distribuidor para México: Distibuidora Intermex, S.A. de C.V.
Distribuidores para Argentina: Interior, DGP, S.A. Alvarado 2118.
Cap. Fed./Buenos Aires y Gran Buenos Aires, VACCARO HNOS.

Capítulo 1

LE LLAMAN el Conde –le dijo el hombre malhumorado mientras se adentraban cada vez más y más profundamente en el bosque–. Nunca por su nombre, siempre el Conde. Pero le tratan como a un dios.

–¿A un dios de verdad o a un dios falso? –preguntó Susannah Betancur. Como si aquello marcara alguna diferencia. Si el Conde era el hombre que buscaba, desde luego no.

Su guía le lanzó una mirada.

–No creo que eso importe mucho aquí arriba de la colina, señora.

La colina le parecía a Susannah más bien una montaña, pero todo en las Rocosas americanas parecía hecho a gran escala. Su impresión del Salvaje Oeste era la de una interminable expansión de impresionantes montañas plagadas de árboles de hoja perenne y nombres pintorescos, como si el esplendor que surgía en todas direcciones pudiera contenerse llamando al pico más alto de la zona algo así como Pequeña Cima.

–Qué raro –murmuró Susannah entre dientes mientras trataba de no resbalar para no perder la distancia que había ganado subiendo.

Además, estaba sin aliento. Su amigo el guía la había llevado todo lo lejos que pudo en lo que pretendía ser una carretera en los remotos bosques de Idaho. Más bien era un camino polvoriento que se adentraba en la montaña. Luego se detuvo y le dijo que tenían que recorrer el resto del camino andando, lo que menos podía apetecerle a Susannah después de haber volado hasta allí desde las colinas más civilizadas de su hogar situadas al otro lado del mundo, en Roma.

Porque aunque Susannah no era una gran senderista, era la viuda Betancur, tanto si le gustaba como si no. No tenía más remedio que pasar por aquello.

Se centró en poner una bota delante de la otra, consciente de que no llevaba precisamente la ropa adecuada para una aventura al aire libre. A diferencia de todas las personas que había visto desde que el jet privado de los Betancur aterrizó en medio de la nada, Susannah iba vestida de negro de los pies a la cabeza para anunciar al instante su estado de duelo permanente. Era su tradición. Aquel día llevaba un abrigo de cachemira sobre un vestido de invierno de lana de oveja y botas altas engañosamente robustas, porque esperaba que hiciera frío, pero no que tendría que subir montañas con ellas.

Pero por muy desafiante que fuera, ninguna montaña podía compararse con las intrigas de su complicada vida y la corporación multinacional Betancur que había estado bajo su control, al menos sobre el papel, durante los últimos años, porque se había negado a que los demás ganaran, su familia, la familia de su fallecido esposo y la junta directiva. Todos creyeron que podían pasar por encima de ella como una apisonadora.

Siempre iba vestida de negro en público desde el funeral, porque así mantenía la dudosa distinción de ser la muy joven viuda de uno de los hombres más ricos del mundo. Susannah tenía la impresión de que aquel negro eterno lanzaba el mensaje adecuado respecto a su intención de seguir de duelo indefinidamente, por muy distinta que fuera la intención de sus conspiradores padres y de su familia política.

Tenía intención de seguir siendo la viuda Betancur durante mucho tiempo. Sin ningún nuevo marido que tomara las riendas y el control por mucho que la presionaran por todas partes para que se volviera a casar.

Era su prerrogativa vestir de negro para siempre, porque ser viuda la mantenía libre.

A menos que Leonidas Cristiano Betancur no hubiera muerto realmente cuatro años atrás en aquel accidente de avión, y precisamente para averiguarlo Susannah había cruzado el planeta.

Leonidas se dirigía a un rancho remoto en aquellos mismos bosques para reunirse con unos potenciales inversores para uno de sus proyectos favoritos cuando su avioneta se estrelló en aquel terreno de miles de acres de bosque nacional prácticamente impenetrable. Nunca se encontró ningún cuerpo, pero las autoridades estaban convencidas de que la explosión fue tan fuerte que todas las pruebas se calcinaron.

Susannah no estaba tan segura. O tal vez sería más apropiado decir que cada vez estaba más convencida de que lo que le sucedió a su marido, nada menos que en su noche de bodas, no había sido un accidente.

Aquello llevó a varios años de investigaciones privadas y a mirar muchas fotos borrosas de hombres morenos y adustos que nunca eran Leonidas. Años de jugar a Penélope con sus confabuladores padres y sus igualmente taimados suegros, como si fuera algo salido de *La Odisea*. Fingiendo estar tan afectada por la muerte de Leonidas que no era capaz de soportar siquiera la conversación sobre quién sería su próximo marido.

Cuando la verdad era que no estaba destrozada. Apenas conocía al hijo mayor de los amigos de la familia con el que sus padres la habían prometido muy joven. Susannah alimentó fantasías adolescentes como hubiera hecho cualquiera a su edad, pero Leonidas las tiró todas por tierra cuando le dio una palmadita en la cabeza en la boda como si fuera un cachorrito y luego desapareció en medio de la celebración porque tenía una llamada de trabajo.

–No seas tan autoindulgente, Susannah –le dijo su madre fríamente cuando Susannah se quedó allí plantada aquella noche, abandonada con su traje de novia y tratando de no llorar–. Las fantasías y los cuentos de hadas son para las niñas pequeñas. Ahora eres la mujer del heredero de la fortuna Betancur. Te sugiero que aproveches la oportunidad para decidir qué clase de esposa quieres ser, ¿una princesa mimada encerrada en uno de los castillos Betancur o una fuerza a tener en cuenta?

Antes de que amaneciera corrió la noticia de que Leonidas había desaparecido. Y Susannah decidió ser la fuerza durante aquellos últimos cuatro años, tiempo en el que pasó de ser una joven de diecinueve años sobreprotegida e ingenua a una mujer que siempre, siempre, había que tener en cuenta. Había decidido ser algo más que una mujer florero y lo había demostrado.

Y por eso estaba allí, en la ladera de una montaña de la que solo había oído hablar en términos vagos, siguiendo la pista de un hombre cuya descripción coincidía con la de Leonidas y que se rumoreaba que era el líder de una secta local.

–No es exactamente una secta del día del juicio final –le dijo el detective en el ático de Roma en el que Susannah vivía porque era lo más cercano de las propiedades de su marido a la sede principal europea de la Corporación Betancur, y a ella le gustaba tener presencia.

–¿Qué más da esa distinción? –preguntó tratando

de parecer distante y sin afectar por las fotografías que tenía en la mano. Imágenes de un hombre con el pelo blanco y más largo de lo que lo había llevado Leonidas nunca, pero con la misma mirada despiadada y oscura. La misma figura atlética, con nuevas cicatrices que tendrían sentido en alguien que había sufrido un accidente de avioneta.

Leonidas Betancur en persona. Susannah podría haberlo jurado.

Y su reacción la pilló por sorpresa, oleada tras oleada, mientras trataba de sonreír al detective.

–La distinción solo importa en el sentido de que si va usted hasta allí es poco probable que la secuestren o la maten, *signora* –le dijo el hombre.

–Pues estupendo entonces –replicó Susannah con otra fría sonrisa.

Pero por dentro todo le continuaba dando vueltas, porque su marido estaba vivo. «Vivo».

No podía evitar pensar que si Leonidas había formado una secta contaba sin duda con el mejor ejemplo: las aguas infectas de la Corporación Betancur, el negocio familiar que les había hecho a él y a sus parientes tan asquerosamente ricos que pensaban que podían hacer cosas como derribar los aviones de herederos desobedientes y descontrolados cuando les viniera bien.

Susannah había aprendido mucho durante aquellos cuatro años removiendo esas mismas aguas. Sobre todo que, cuando los Betancur querían algo, por ejemplo a Leonidas fuera de juego en un acuerdo que proporcionaría mucho dinero a la empresa pero que a su marido no le convencía, entonces encontraban la manera de conseguirlo.

Ser la viuda Betancur le evitaba a Susannah todas aquellas intrigas. Pero había algo mejor que ser la viuda de Leonidas Betancur, pensaba. Y eso era hacer volver a su marido de entre los muertos.

Él podría dirigir su maldito negocio él mismo, y Susannah podría recuperar la vida que no sabía que quería cuando tenía diecinueve años. Podría divorciarse tranquilamente y ser libre como el viento para su veinticuatro cumpleaños, libre de todos los Betancur y mucho mejor parapetada para poder enfrentarse a sus padres.

Sería libre. Y punto.

Cruzar el planeta para adentrarse en los bosques de Idaho era pagar un precio pequeño por su libertad.

–¿Qué clase de líder es el Conde? –preguntó Susannah ahora crispada, centrándose en el terreno abrupto mientras seguía a su guía–. ¿Benevolente o lo contrario?

–No sabría decirle –murmuró el hombre entre dientes–. Para mí una secta es igual que otra.

Como si hubiera docenas por allí. Y tal vez fuera así. En cualquier caso no importaba, porque habían llegado al campamento que buscaban.

Primero no había más que bosque y un instante después unas grandes puertas daban a un pequeño claro rodeado de una verja poco acogedora y muchos carteles avisando a los intrusos de que se marcharan o se atuvieran a las consecuencias.

–Yo llego hasta aquí –le dijo entonces su guía.

Susannah ni siquiera sabía su nombre. Y deseó que entrara con ella ya que la había llevado hasta allí. Pero aquel no era el acuerdo.

–Lo entiendo.

–Esperaré al lado de la camioneta hasta que tenga que bajar la colina –continuó el hombre–. La acompañaría dentro, pero...

–Lo entiendo –repitió ella, ya le había explicado todo antes–. Tengo que hacer el resto yo sola.

Aquella era la parte que más miedo le daba, pero todo el mundo estaba de acuerdo. No era posible que Susannah entrara en un campamento lejano rodeada de guardias de seguridad de Betancur cuando seguramente su marido se estaba escondiendo del mundo. No podía entrar con su pequeño ejército, en otras palabras.

Susannah decidió no pensar demasiado en lo que estaba haciendo. Había leído muchas novelas de terror cuando estaba encerrada en el internado suizo en el que sus padres insistieron en que pasara la adolescencia, y todas ellas estaban surgiendo en su cabeza aquella tarde.

Pero pensar en los riesgos no ayudaba. Lo único que quería, lo único que siempre había querido, era averiguar qué le había pasado a Leonidas.

Porque la triste verdad era que tal vez a ella fuera a la única que le importara. Y se dijo que solo le importaba porque si le encontraba sería libre.

Susannah se dirigió hacia las puertas, se le erizaba la piel a cada paso que daba. Había cámaras de vídeo apuntándola, pero algo le preocupaba más que la vigilancia. Los francotiradores. Era poco probable que alguien construyera una fortaleza en el bosque como la que tenía delante y no tuviera intención de defenderla.

–¡No dé un paso más!

Susannah no veía de dónde salía exactamente la voz, pero se detuvo de todas maneras. Y alzó las manos.

–He venido a ver al Conde –dijo en el frío silencio que la rodeaba.

No pasó nada. Durante un instante, Susannah pensó que no iba a pasar nada. Pero entonces se abrió muy despacio una pequeña puerta situada al lado de las enormes puertas de entrada.

Contuvo la respiración. Un hombre salió por la puerta, pero no era Leonidas. Era mucho más bajo que el marido que ella había perdido, y tenía un alarmante rifle semiautomático colgado del hombro y una expresión claramente hostil en la cara.

–Tiene que irse de nuestra montaña –le dijo blandiendo el rifle hacia ella.

La miraba con el ceño fruncido mientras hablaba. A la ropa. Susannah se dio cuenta tras un instante de que desde luego no iba vestida para asaltar un campamento. Ni para caminar por el bosque, de hecho.

–No tengo ningún deseo en particular de estar en esta montaña –respondió crispada–. Solo quiero ver al Conde.

–El Conde ve a quien quiere ver, y nunca porque se lo pidan –la voz del hombre tembló de devoción. Y de furia, como si no pudiera dar crédito a la temeridad de Susannah.

Ella inclinó la cabeza en su dirección.

–A mí sí querrá verme.

–El Conde es un hombre ocupado –masculló el hombre–. No tiene tiempo para mujeres desconocidas que aparecen de la nada como si estuvieran rogando que les pegaran un tiro.

–Yo no quiero que me peguen un tiro –afirmó Susannah con más nerviosismo del que mostró–. Pero el Conde querrá verme, de eso estoy segura.

No lo estaba. El hecho de que Leonidas se hubiera encerrado en aquel lugar y se hiciera llamar de forma tan ridícula sugería que no tenía ningún deseo de ser localizado. Nunca. Pero no iba a hablar del tema con uno de sus seguidores. Así que probó con una sonrisa fría.

–¿Por qué no me llevas a su lado? Él mismo te lo dirá.

–Señorita, no voy a decírselo otra vez. Dese la vuelta. Salga de esta colina y no vuelva nunca más.

–No voy a hacer eso –afirmó Susannah con la firmeza que había aprendido a desarrollar en los últimos años. Como si esperara que sus órdenes se obedecieran sin cuestionar. Como si fuera el propio Leonidas en lugar de la joven viuda que todo el mundo sabía que nunca debió quedarse al mando de nada, y mucho menos de toda aquella fortuna.

Pero Susannah había hecho exactamente lo que su madre le dijo. Se quedó con el apellido de Leonidas y al mismo tiempo con su autoridad. Había estado confundiendo a la gente de la corporación que su marido había dejado atrás utilizando su misma actitud.

–Tengo que ver al Conde. Eso es innegociable. Haz lo que tengas que hacer para ello.

–Escuche, señorita...

–O puedes dispararme –sugirió Susannah con frialdad–. Pero esas son las dos únicas opciones posibles.

El hombre parpadeó como si no supiera qué hacer. Susannah no podía culparle. Ella no se acobardó. No le dio ninguna indicación de que no estuviera completamente tranquila. Se limitó a quedarse donde estaba como si estar a cientos de metros en una montaña de Idaho fuera lo más normal del mundo.

Se quedó mirando fijamente al hombre hasta que quedó claro que era él quien estaba incómodo.

–¿Quién diablos es usted? –le preguntó el hombre finalmente.

–Me alegro de que lo preguntes –dijo entonces Susannah. Y esa vez su sonrisa era menos fría. Parecía más bien un arma que había aprendido a disparar durante aquellos últimos cuatro años–. Soy la esposa del Conde.

Capítulo 2

EL CONDE no tenía esposa.

Al menos, que él recordara. Pero aquel era el problema con todo, ¿verdad? Aquellos días le carcomía más que hubiera tantas cosas que no recordara.

Había más cosas que no podía recordar que al contrario. Y todas habían sucedido en los últimos cuatro años.

Sus seguidores contaban historias de cómo habían encontrado aquel lugar. Cómo llegaron cada uno de ellos subiendo hasta la montaña y demostrando que eran dignos de estar allí. Hablaban de lo que habían dejado atrás. La gente, los sitios. Los sueños y expectativas.

Pero lo único que conocía el Conde era aquel campamento.

Su primer recuerdo era despertarse en los grandes aposentos que todavía ocupaba. Estaba magullado, roto. Le llevó mucho tiempo recuperar algo parecido a la salud. Sentarse y luego ponerse de pie. Después empezar a caminar lenta y dolorosamente. Y cuando por fin pudo andar solo tenía la sensación de que su cuerpo no era como antes. Aunque eso solo podía imaginárselo.

Tardó casi dieciocho meses en sentirse más o menos normal. Y otros dieciocho en darse cuenta de que, por mucho que lo intentara, no sabía realmente qué era «normal».

Porque seguía sin poder recordar nada que no fuera aquel sitio.

Su gente le decía que estaba predestinado. Que todo formaba parte del mismo y glorioso plan. Se reunieron para rezar y entonces apareció un líder en el mismo bosque en el que vivían. Fin del asunto.

El Conde estuvo de acuerdo porque no tenía ninguna razón para no estarlo.

Desde luego, se sentía como un líder. Se sentía así desde el momento en que abrió los ojos. Cuando daba una orden y la gente la cumplía no le resultaba nuevo, sino profundamente familiar.

No solía compartir con nadie lo mucho que le gustaba cuando las cosas le resultaban familiares. Le parecía acercarse demasiado a admitir algo que no quería.

Todos sus deseos eran atendidos. Su gente se reunía para escucharle hablar. Les preocupaba su salud. Le alimentaban, le vestían y le seguían. ¿Qué más podía desear un hombre?

Y, sin embargo, había una mujer en el campamento que aseguraba ser su esposa. El Conde sentía como si algo que no supiera que tenía dentro se hubiera abierto de golpe.

–Es muy insistente –le dijo Robert, su consejero más cercano–. Dice que lleva algún tiempo buscándote.

–Pero yo no tengo esposa –replicó el Conde–. ¿No se lo has dicho desde el principio?

Robert era el único que estaba a su lado en aquel momento viendo a la mujer en cuestión a través de los monitores que tenían delante. El Conde esperó a ver si sentía algo familiar. Esperó a ver si la conocía, pero como todo en su vida, no había conocimiento. No había recuerdos.

A veces le decía a su gente que agradecía ser un lienzo en blanco. Pero había otras ocasiones, como esa, en las que las cosas que no sabía y no sentía lo azotaban como una tormenta de invierno.

–Por supuesto que no tienes esposa –afirmó Robert en cierto modo escandalizado–. Ese no es tu camino. Eso es para hombres vulgares.

Aquel era un lugar de pureza. Era una de las pocas cosas que siempre habían estado claras para el Conde, y resultaba muy útil que nunca hubiera sentido la tentación de desviarse del camino. Hombres y mujeres practicaban allí la misma pureza radical que él, a menos que tuvieran dispensa por estar casados, o se marchaban.

Pero durante todo aquel tiempo, cuando el Conde ponía la vista en una mujer no había sentido nada más que aquella pureza.

Hasta ahora.

Tardó un instante en darse cuenta de lo que le estaba pasando, y supuso que debería sentirse horrorizado. Pero no fue así. El deseo lo atravesó como un viejo amigo, y no supo por qué, pero no le sonó ninguna alarma de advertencia. Se dijo que la tentación era buena, como si fuera más poderoso por el hecho de vencerla. Se dijo que aquello era solo una prueba.

La mujer que ocupaba las pantallas parecía impaciente. Aquello era lo primero que la diferenciaba de las mujeres que vivían allí. Y más que eso, parecía... frágil. No estaba curtida como su gente, ni preparada para cualquier eventualidad. Parecía suave.

El Conde no supo por qué quería tocarla para ver si era tan suave como parecía.

Iba vestida con una ropa que no tenía sentido para él allí en la cima de la montaña. No recordaba haber estado nunca en otro sitio, por supuesto, pero sabía que había todo un mundo allá afuera. Se lo habían dicho. Y aquella vestimenta negra y sedosa sobre su figura le hizo pensar en ciudades.

Y cuando lo hizo fue como si todas surgieran en su mente como un catálogo de viajes: Nueva York. Londres. Shanghái. Nueva Delhi. Berlín. El Cairo. Auckland.

Como si hubiera estado en todas y cada una de ellas.

Apartó de sí aquel pensamiento y observó a la mujer. La habían llevado al interior del campamento, a una sala cerrada que nunca habían llamado calabozo. Pero lo era. Solo tenía un viejo sofá, un baño detrás de un biombo y cámaras en las paredes.

Si la mujer estaba tan incómoda como los últimos tres agentes de la ley que habían ido a verlos, no se le notó. Estaba sentada en el sofá como si nada. Tenía el rostro perfectamente tranquilo, los azules ojos serenos. Parecía serena, y eso le atrajo la atención sobre el hecho de que era guapa de un modo casi incomprensible.

No era que tuviera muchas mujeres para poder compararla. Pero en cierto modo el Conde supo que, si ponía en fila a todas las mujeres del mundo que no podía recordar, seguiría encontrando a aquella espectacular.

Tenía las piernas largas y bien torneadas incluso con las botas, y las tenía cruzadas con decoro como si no se hubiera dado cuenta de que estaban manchadas de barro. Llevaba un único anillo en la mano izquierda que captaba la luz cuando se movía. Su boca le llamó la atención de un modo que no podía entender del todo, creando una espiral de deseo en su interior que estaba muy seguro de encontrar agradable. Para desviar la atención, se centró en el brillante pelo rubio que llevaba recogido en la nuca de un modo complicado.

«Un moño bajo», pensó.

Era un concepto que no conocía. Pero era el término apropiado para describir cómo se peinaba.

–Traedla aquí –dijo antes de pensárselo mejor.

–No es tu esposa –repitió Robert torciendo el gesto–. Tú no tienes esposa. Eres el Conde, el líder del camino glorioso y la respuesta a todas las preguntas de los creyentes.

–Sí, sí –el Conde agitó la mano. Robert no sabía si aquella mujer era su esposa. Y él tampoco. Porque no era posible que el Conde hubiera surgido de la nada en medio de una llamarada, como todo el mundo decía. Eso lo sabía desde el principio. Si hubiera aparecido un día en un arrebato de gloria no habría necesitado tanto tiempo para recuperarse, ¿verdad?

Pero había aprendido que era mejor no comentar en público aquellos misterios de la fe. Lo que tenía claro era que, si había llegado de algún otro lado, eso significaba que tenía una vida anterior. Fuera donde fuera. Y si aquella mujer decía que le conocía tal vez podría ser una fuente de información. Lo que más deseaba el Conde era información.

No esperó a ver si Robert le obedecía. Sabía que lo haría porque todo el mundo lo hacía. El Conde salió de la sala de vigilancia y se dirigió hacia el campamento. Lo conocía a la perfección, cada sala y cada muro construido con troncos. Las chimeneas de piedra y las gruesas alfombras del suelo. Nunca había pensado más allá de aquel lugar, porque todo lo que quería estaba allí. La montaña daba y los seguidores recibían, así funcionaba.

Sídney. San Petersburgo. Vancouver. Oslo. Roma.

¿Por qué podía «ver» de pronto tantos lugares? Lugares no tallados en piedra y escondidos en aquellas montañas en las que solo se veían árboles en todas direcciones.

Se dirigió a sus propios aposentos, que estaban separados de los otros dormitorios donde dormía el resto de la gente. Mantuvo una expresión cerrada mientras caminaba como si se estuviera comunicando con el Espíritu tal y como se suponía que hacía y así evitó que nadie se le acercara.

Cuando llegó a sus estancias esperó en la sala exterior. Cuando recuperó el conocimiento nada más llegar rechazó la austeridad de aquellos aposentos. Le parecían una prisión, aunque en cierto modo sabía que nunca había estado en una. Pero ahora los prefería a las habitaciones relativamente más acogedoras del otro lado de la puerta. Muros blancos. Mobiliario mínimo. Nada que distrajera a un hombre de su propósito.

En su conciencia quedaba que nunca hubiera logrado sentir él mismo la determinación que todo el mundo asumía que tenía.

No tuvo que esperar mucho a que le llevaran a la mujer. Y, cuando llegó, la austeridad de los muros provocó que el impacto de su ropa negra resultara mucho más enérgico en comparación. Todo era blanco. La ropa que él llevaba, suelta y fluida. Las paredes, la madera del suelo, incluso la silla en la que se sentaba, que parecía un trono de marfil.

Y allí estaba aquella mujer en medio de todo con ropa negra, ojos azules y rodillas firmes. Aquella mujer que le miraba con los labios ligeramente entreabiertos y un brillo en los ojos que no era capaz de definir.

Aquella mujer que decía ser su esposa.

–Yo no tengo esposa –le dijo cuando sus seguidores se marcharon y les dejaron solos–. El líder no tiene esposa. Su camino es puro.

El Conde ocupaba la única silla de la habitación. Pero, si a la mujer le molestaba estar allí de pie frente a él, no se le notó. De hecho, su rostro reflejaba algo más parecido al asombro.

–Estás de broma, ¿no?

Fue lo único que dijo. Fue un susurro áspero, nada más. Y el Conde se encontró fascinado por sus ojos. Eran de un azul impresionante que le hacía pensar en los veranos de la montaña.

–Yo no bromeo –dijo. O eso creía. Al menos, no allí.

La mujer que tenía delante dejó escapar el aire como si estuviera haciendo un gran esfuerzo físico.

–¿Cuánto tiempo tienes pensado esconderte aquí? –le espetó como si estuviera enfadada.

Al Conde no se le ocurrió ninguna razón para que lo estuviera.

–¿En qué otro sitio iba a estar? –ladeó ligeramente la cabeza mientras la miraba, tratando de encontrarle sentido a la emoción que percibía en ella–. Y no me estoy escondiendo. Esta es mi casa.

Ella dejó escapar una breve carcajada, pero carente de humor. El Conde frunció el ceño, algo que nunca hacía.

–Tú tienes muchas casas –aseguró ella con una voz que sonó algo ruda–. A mí me gusta el ático de Roma, pero el viñedo de Nueva Zelanda tampoco se queda atrás. La isla del Pacífico Sur. La casa de Londres o la villa griega. O todos los acres de terreno que tu familia tiene en Brasil. Tienes muchas casas en todos los continentes posibles, eso es lo que quiero decir, y ninguna de ellas es un manicomio en las montañas de Idaho.

–¿Un manicomio? –repitió él. Aquella era otra palabra que no conocía, pero que le sonó en cuanto ella la pronunció.

–¿Se supone que esto es una especie de habitación de hospital? –preguntó la mujer cruzándose de brazos–. ¿Esto ha sido un retiro de salud mental de cuatro años lejos de tus responsabilidades? –clavó la mirada azul en la suya–. Si sabías que ibas a huir así, ¿por qué te molestaste en casarte conmigo? ¿Por qué no hiciste tu acto de desaparición antes de la boda? Supongo que te imaginas todo lo que he tenido que luchar este tiempo. ¿Qué te hice para merecer que me dejaras sola en medio de todo aquel lío?

–Estás hablando conmigo como si me conocieras –dijo el Conde en tono bajo y grave.

–No te conozco de nada. Por eso es peor. Si querías castigar a alguien con tu empresa y tu espantosa familia, ¿por qué me elegiste a mí? Tenía diecinueve años. No debería sorprenderte saber que intentaron comerme viva.

Había algo punzante dentro de él, como cristal roto, y le cortaba con cada palabra que aquella mujer decía. Se puso de pie.

–Yo no te elegí. No me casé contigo. No tengo ni idea de quién eres, pero yo soy el Conde –aseguró llevándose las manos al pecho.

–Tú no eres ningún conde –le espetó ella–. Tu familia ha coqueteado siempre con la aristocracia, pero no tenéis ningún título.

Al Conde le daba vueltas la cabeza y le dolían las sienes. No había ninguna razón para que cruzara la estancia con los pies descalzos para cernirse sobre ella, pero la mujer tendría que haberse asustado. Si fuera alguno de sus seguidores se habría arrojado a sus pies suplicando clemencia. Pero ella alzó la barbilla y le miró a los ojos como si no se hubiera dado cuenta de que era bastante más alto.

–Yo que tú tendría mucho cuidado con el modo en que me hablas –le dijo.

–¿Cuál es el sentido de esta farsa? –quiso saber ella–. Sabes que no me la trago. Sé perfectamente quién eres, y ninguna amenaza cambiará ese hecho.

–Eso no ha sido una amenaza, sino una advertencia. Y debes saber que mi gente no tolerará tu actitud.

–¿Tu gente? –la mujer sacudió la cabeza como si aquello no tuviera sentido–. Si te refieres a la secta que está al otro lado de la puerta, no creo que pienses que son algo más que accesorios de un delito.

–Yo no he cometido ningún delito –afirmó él a la defensiva sin saber por qué.

Nada en su memoria lo había preparado para aquello. La gente no discutía con él ni le lanzaba acusaciones. Todo el mundo en el campamento le adoraba. Nunca antes había estado en presencia de alguien que no le idolatrara. Y le resultaba vigorizante en cierto sentido. Reconocía el deseo, pero le sorprendía la forma que había tomado. Quería hundir las manos en su cabello bien peinado. Quería saborear aquella boca que se atrevía a decirle semejantes cosas.

–Al parecer, desapareciste de la escena de un accidente –continuó la mujer sin asomo de miedo–. Toda tu familia cree que estás muerto. Yo también lo creía. Y, sin embargo, aquí estás, vivito y coleando y vestido de blanco. Escondido en las montañas mientras el lío que has dejado atrás se complica más y más cada día.

El Conde no pudo evitar acercarse a ella y agarrarla de los antebrazos.

–Yo soy el Conde –insistió con cierta desesperación–. El camino...

–Yo soy Susannah Forrester Betancur –le interrumpió ella. En lugar de apartarse de sus brazos, se aproximó más y se puso de puntillas de modo que su cara estuvo mucho más cerca de la suya–. Tu esposa. Te casaste conmigo hace cuatro años y me dejaste en la noche de bodas. No eres el conde de nada. Eres Leonidas Cristiano Betancur, heredero de la Corporación Betancur. Eso significa que tienes tanto dinero y eres tan poderoso que alguien, seguramente algún miembro de tu familia, tuvo que provocar un accidente de avioneta para librarse de ti.

La presión de las sienes se hizo más fuerte. Y sintió un dolor agudo en la base del cráneo.

–Ya es hora de que vuelvas a casa, Leonidas –continuó ella.

Tal vez fuera el demonio quien se apoderó de él entonces. Tal vez eso fuese lo que le llevó a atraerla hacia sí, como si fuera de verdad otra persona y estuviera casado con ella como aseguraba. Tal vez por eso apretó la boca contra la suya, saboreándola al fin. Saboreando todas sus mentiras.

Pero ese era el problema. Un beso y lo recordó todo. «Todo». Quién era, cómo había llegado hasta allí. Los últimos momentos de aquel maldito vuelo y también a su preciosa y joven novia a quien había dejado atrás sin pensárselo porque así era él entonces, un hombre formidable y centrado.

Era Leonidas Betancur, no un maldito conde. Y había pasado cuatro años en una cabaña rodeado de acólitos obsesionados con la pureza, lo que resultaba una ironía porque en él no había ni hubo nunca nada puro.

Y había besado a la pequeña Susannah, a la que le habían arrojado como un cebo años atrás, un movimiento calculado por los repugnantes padres de ella y una bendición para su propia retorcida familia, porque él siempre había evitado la inocencia. Había perdido la suya demasiado pronto a manos de su brutal padre.

Leonidas ladeó la cabeza y la atrajo más hacia sí, saboreándola y tomándola, saqueándole la boca como un poseso. Sabía a dulzura y a deseo, y se le disparó rápidamente a la cabeza. Se dijo que se debía solo a que había pasado mucho tiempo. La parte de sí mismo que había creído sinceramente que era quien aquellos lunáticos creían que era, la parte que había desarrollado una conciencia que Leonidas nunca tuvo, le dijo que debía pararse.

Pero no lo hizo. La besó una y otra vez. La besó hasta que toda ella se volvió suave y maleable. Hasta que le rodeó el cuello con los brazos y se apretó contra su cuerpo como si no pudiera sostenerse de pie. La besó hasta que ella empezó a emitir pequeños sonidos guturales.

Leonidas la recordó con un vestido blanco y rodeada de toda la gente que sus familias habían invitado a la ceremonia en la hacienda familiar de los Betancur en Francia. Recordó lo abiertos que tenía los ojos azules y lo joven que parecía, la virgen mártir que el bestia de su padre le había entregado antes de que muriera. Un obsequio como parte de la alianza que beneficiaba a la familia.

Una prueba más de lo tremendamente podrida que estaba la sangre de los Betancur.

Pero a Leonidas no le importaba.

–Leonidas –susurró ella apartando la boca de la suya–. Leonidas, yo...

Él no quería hablar. Quería su boca, de modo que se la tomó de nuevo. Susannah le había encontrado allí. Le había devuelto a la vida. Así que la estrechó entre sus brazos sin apartar la boca de la suya ni por un instante y la llevó al dormitorio que ahora estaba deseando dejar.

Pero antes, Susannah le debía aquella noche de bodas. Y estaba dispuesto a tenerla aunque fuera con cuatro años de retraso.

Capítulo 3

LA BOCA de Leonidas estaba sobre la suya, y no parecía capaz de recuperarse de aquel dulce shock. La besaba una y otra y otra vez, y lo único que Susannah podía hacer era rendirse a aquella sensación épica. Como si se hubiera pasado todos aquellos años dando tumbos en la oscuridad y el sabor de aquel hombre fuera por fin la luz.

Debería detenerle. Susannah lo sabía. Debería dar un paso atrás y poner ciertos límites. Exigirle que dejara de fingir que no la recordaba, para empezar. No creía en la amnesia. No podía creer que alguien como Leonidas, tan audaz, valiente y brillante, pudiera desaparecer alguna vez.

Pero siempre había sido lo máximo para ella. Lo conocía desde niña, y cuando sus padres le dijeron que se iba a casar con él estaba emocionada. El día de su boda le pareció una estrella brillante, y una parte de ella se negaba a creer que un hombre tan poderoso pudiera apagarse tan deprisa.

Y antes de que tuviera la oportunidad de tocarle así, del modo que se había imaginado con tanto fervor antes de la boda...

Tenía que pararle. Necesitaba reafirmarse. Necesitaba hacerle saber que la niña con la que se había casado había muerto el mismo día que él y que ahora era mucho más segura y poderosa que entonces.

Pero no hizo nada de lo que creía que debía hacer.

Cuando Leonidas la besó, ella le besó a su vez, inexperta y desesperada. No se paró a explicarle la poca experiencia que tenía con los hombres. Se rindió y se limitó a saborearle a su vez.

Cuando Leonidas la levantó en brazos le pareció que era una oportunidad excelente para hacer... algo. Lo que fuera. Pero mientras la transportaba no dejaba de besarla, y Susannah se dio cuenta de que se había estado mintiendo durante mucho tiempo.

Apenas podía recordar a la tonta adolescente que fue el día de su boda después de todo lo sucedido desde entonces. Sabía que estaba salvaguardada, del mismo modo que sabía que su padre era un banquero de alto nivel y que su alemana madre odiaba vivir en Inglaterra. Pero saber que estaba resguardada y lidiar con las ramificaciones de su propia ingenuidad resultaron ser dos cosas muy distintas. Y Susannah había estado lidiando con las consecuencias del modo en que la habían educado, por no mencionar las aspiraciones de sus padres para su única hija. Con tanta presión durante tanto tiempo, resultaba fácil olvidarse de la verdad de las cosas.

Por eso le había emocionado la perspectiva de casarse con Leonidas, en lugar de sentirse horrorizada. Leonidas era guapísimo. Era mayor que ella, pero ya le conocía y las veces que habían interactuado siempre la trató con mucha paciencia.

Susannah olvidó todo aquello. Leonidas la decepcionó la noche de su boda y luego murió, así que ella olvidó. Se perdió en los escándalos e intrigas de la Corporación Betancur y en el drama familiar, y olvidó por completo recordar que con relación a Leonidas siempre había sido una niña pequeña y tonta.

Y ahora volvió a serlo de nuevo. Estaba claro. Se ordenó a sí misma decirle algo. Pero entonces él la tumbó sobre la cama en la habitación de al lado y la siguió encima del colchón. Y a Susannah no le importó ser tonta. Le habían prometido una noche de bodas. Cuatro años atrás esperaba entregarle su inocencia al hombre que se había convertido en su marido, pero se había quedado sola y viuda en un mar de enemigos, aunque no todos lo eran.

No podía recordar la cantidad de hombres que habían intentado seducirla a lo largo de los años, muchos relacionados con Leonidas, pero ella siempre se mantuvo firme. Era la viuda Betancur y estaba de luto. Aquella pequeña ficción la había protegido cuando nada más podía hacerlo.

–Esto se ha retrasado cuatro años –murmuró Leonidas con voz ronca colocándose sobre ella en el colchón.

Susannah no hizo nada para apoyar los pies en el suelo que pudiera encontrar. Dejó que Leonidas la tomara con una ferviente alegría que debería haberle preocupado si hubiera sido capaz de pensar con claridad. Pero no lo hizo. Lo que hizo fue besarle.

Él le pasó los dedos por el pelo, tirando suavemente hasta que le deshizo el moño en el que lo llevaba recogido. Murmuró algo que Susannah no entendió, pero le dio igual porque estaba besándola una y otra vez.

Cuando apartó la boca de la suya para dejarle un rastro de besos en el cuello, ella gimió. Luego le tiró del abrigo de cachemira y Susannah se incorporó para que pudiera quitárselo del cuerpo. Leonidas hizo lo mismo con el vestido, tirando de él y sacándoselo por la cabeza. Así que se quedó tumbada debajo de él vestida únicamente con braguitas y sujetador y las botas hasta las rodillas. Y la mirada de los ojos de Leonidas resultaba... salvaje.

Hizo que Susannah se estremeciera un poco. Porque se sentía bella. Salvaje. Y viva. Como si después de todo aquel tiempo fuera algo más que la mortaja que había llevado a modo de armadura tantos años. Como si no fuera la niña con la que se había casado, sino la mujer que deseaba ser en su cabeza.

–Eres el regalo perfecto –dijo él como si realmente no pudiera recordar quién era. Como si todo aquel juego de la amnesia fuera real y creyera realmente que era un dios local escondido en el bosque.

Pero Susannah no podía pensar en nada de aquello porque Leonidas la estaba tocando. Utilizaba la boca y las manos. Le buscó los senos y se los cubrió con las palmas, luego inclinó la cabeza para juguetear primero con un pezón y luego con el otro. A través de la tela del sujetador, Susannah sintió su boca cálida, tan impactante que se arqueó en la cama. No supo si para alejarse de él o para acercarse más.

Leonidas le quitó el sujetador y luego volvió a repetir el mismo gesto, pero esa vez sin que hubiera tela entre la succión de su boca y la piel. Susannah no había sentido nada parecido en toda su vida. Se sentía... abierta y expuesta, y tan brillante y roja por el exceso de sensaciones como una baliza.

Agitó la cabeza en el colchón que tenía debajo. Le agarró allí donde podía tocarle, tirando de la túnica blanca que le flotaba a los costados y sin importarle emitir gemidos y suspiros.

Entonces Leonidas se bajó más. Le lamió el ombligo con la lengua y le rodeó las caderas con sus grandes manos. Y no preguntó. Ni siquiera le quitó las braguitas. Leonidas inclinó la cabeza y se dio un festín con la boca en el punto donde más deseo ardía en ella.

Susannah creyó que iba a hacer explosión. Cada succión que le hacía entre las piernas provocaba que se sintiera como si se rompiera y luego volviera a unirse una y otra vez.

Sintió un ligero tirón en la cadera, oyó una rasgadura y entendió vagamente que le estaba arrancando las braguitas del cuerpo. Y, cuando Leonidas volvió a bajar la cabeza una vez más, todo cambió. Si lo de antes había sido una locura, eso era magia.

Leonidas la lamió por dentro, saboreándola. Y luego Susannah sintió sus dedos recorriendo su calor dentro de ella, largos, duros y decididamente masculinos.

–Dios mío... susurró Susannah echando la cabeza hacia atrás con los ojos bien cerrados. Pensó que se iba a morir por el exceso de la sensación. Era demasiado. Se rompió en pedazos, pero la oleada continuó y continuó.

Y seguía dando vueltas cuando Leonidas se apartó de ella. Consiguió abrir los ojos y fijarlos en él, observando algo mareada cómo se quitaba por fin aquella camisa blanca. Susannah no pudo evitar contener el aliento cuando por fin lo vio entero.

Tenía los músculos suaves y fuertes, y el cuerpo cubierto de cicatrices. Le cubrían el pecho y llegaban más abajo de la cinturilla.

–Tienes muchas cicatrices.

Leonidas se quedó paralizado. Y ella no pudo soportarlo. Estiró el brazo y recorrió con los dedos las cicatrices a las que llegaba. En el pecho plano. En el glorioso abdomen. Por un lado era un espécimen perfecto de macho, delgado y fuerte. Por otro llevaba consigo la prueba de aquel accidente de avioneta del que todo el mundo decía que era imposible que hubiera sobrevivido.

Leonidas aspiró con fuerza el aire.

–¿Las cicatrices me convierten en un monstruo? –preguntó con tono ronco.

Susannah abrió la boca para negarlo... pero entonces vio cómo le brillaban los ojos. Y recordó. Aquel era el hombre que se consideraba a sí mismo una especie de dios antes incluso de sufrir un accidente aéreo en mitad de las Montañas Rocosas y encontrar unos seguidores que estaban de acuerdo con aquella idea.

No pensaba que fuera ningún monstruo. Y estaba segura de que él tampoco. Susannah arrugó la nariz.

–¿Y si lo pareces qué? ¿No te gustaría presumir de ser un monstruo además de un hombre?

Y él se rio. Echó la cabeza hacia atrás y se rio sin parar. Algo atravesó entonces a Susannah, una parte de miedo y otra de reconocimiento. Y algo más que no fue capaz de identificar.

Pensó que se debía a que era muy guapo. Eso no podía negarse. Con aquel espeso pelo negro con algún reflejo dorado y mucho más largo que antes. Aquellos ojos oscuros y leonados que ardían y derretían a la vez. Su altura y su fuerza, que resultaban evidentes en todo lo que hacía, incluso estar sentado en un trono casero en una sala blanca.

Pero había algo más, algo relacionado con la sensual perfección de su rostro. El modo en que sus facciones parecían esculpidas con precisión, unidas como una amalgama. Su madre griega. Su padre español. Sus abuelos brasileños por un lado y franceses y persas por otro.

Parecía un dios. Y, cuando se rio, Susannah se sintió tentada a creerlo de verdad.

–Tienes toda la razón –dijo Leonidas tras un largo instante–. No me importa nada. Monstruo, dios, hombre. Para mí todo es igual.

Y esa vez, cuando se inclinó sobre ella, Susannah ya estaba temblando. Era un temblor interno y profundo, como si una alegría terrible la estuviera destruyendo de dentro afuera. Una parte de Susannah quería aquello aunque le diera miedo, así que se arrojó a sus brazos.

Leonidas se movió. Se quitó los pantalones y luego se colocó entre sus piernas. Le subió las piernas a cada lado de las caderas mientras Susannah trataba de calmar el torbellino de la mente lo suficiente como para acomodarse a él.

Y luego ya no importó porque Leonidas la besó. Le tomó la boca una y otra vez hasta que se sintió marcada. Poseída. Tomada por fin. No pudo evitar preguntarse cómo había sobrevivido todo aquel tiempo sin él. Sin aquello. En algún rincón de su cerebro supo que debería decírselo.

Podría decirle «Soy virgen. Aviso, nuestra boda fue realmente blanca». Quizá se reiría otra vez al saber que una mujer de su edad seguía siendo pura. Hiciera lo que hiciera, la creyera o no, tenía que saberlo. Pero Susannah no se sintió capaz de pronunciar aquellas palabras.

Y además se olvidó del tema cuando las manos de Leonidas volvieron a agarrarse a sus caderas y le colocaron el cuerpo debajo del suyo de un modo aún más incisivo, como si quisiera tomar las riendas de la situación y hacerlo a su manera.

Tal vez con eso bastara. Tenía que bastar porque entonces lo sintió. Fuerte y duro en aquella parte suya que ninguna persona había tocado antes.

Entonces sintió un escalofrío diferente. Como una premonición. O un deseo salvaje que nunca había experimentado, apretándola como si estuviera atrapada en un puño gigante. Abrió la boca de nuevo para decir lo que no quería decir, para asegurarse de que él no...

Pero Leonidas la embistió con profundidad y seguridad.

Susannah no pudo controlar su respuesta. No pudo fingir. Era un dolor profundo, como un desgarro que quemaba, y su cuerpo tomó el control y se agitó contra él como si sus caderas intentaran librarse de él por voluntad propia. No pudo controlar el pequeño grito que surgió de su garganta, cargado de dolor y de un impacto que no pudo ocultar.

Pero en el momento en que se le escapó lamentó no haberse contenido. Leonidas se quedó muy quieto encima de ella. Con los ojos como yesca. Y aun así podía sentirlo todavía allí, en lo más profundo de su interior, llenándola y estirándola, haciéndola sentir en lugares que nunca pensó que formaban parte de su propio cuerpo. Estaba sin aliento.

–Ha pasado mucho tiempo, te lo aseguro –dijo Leonidas con tono tenso. Y tal vez algo furioso a la vez–. Pero se supone que no debe doler.

–No duele –mintió ella.

Leonidas la observó durante un largo instante. Y luego, sin cambiar la intensidad de su mirada, levantó la mano y le retiró con suavidad una pequeña lágrima que se le había escapado sin que se diera cuenta.

–Vuelve a intentarlo.

Susannah no quería moverse, pero estaba pasando algo que no terminaba de entender. Una especie de pulsación entre las piernas que no podía controlar. Volvió a probar el movimiento de caderas contra las suyas, mordiéndose el labio inferior mientras se frotaba.

–Es delicioso.

–Ya lo veo. Las lágrimas lo sugieren por sí mismas. Y el hecho de que estés frunciendo el ceño no deja lugar a dudas.

Era cierto que Susannah tenía el ceño fruncido, pero no se había dado cuenta.

–Tengo una noticia para ti –consiguió decir–. El hecho de que la gente bese literalmente el suelo que pisas no significa que sepas leer el pensamiento. Y menos el mío.

–Cuéntate a ti misma todo lo que quieras, pequeña –murmuró él.

Y aquello tendría que haberla enfadado, pero no fue así. En todo caso la hizo sentir... más calidez. Demasiada. Leonidas le deslizó las manos por los costados. Una y otra vez. Le apartó el pelo de la cara. Susannah seguía sintiéndole dentro de su cuerpo, grande y duro, y sin embargo lo único que él hacía era acariciarla con suavidad.

–No tengo que leerte el pensamiento. Tu cuerpo me dice todo lo que necesito saber. Lo que no entiendo es cómo te las has arreglado para mantener la inocencia todo este tiempo.

Ella abrió la boca para contestar, pero estaba distraída por el modo en que la tocaba. Aquellas manos enormes se movían por todo su cuerpo, extendiendo calor y sensaciones allí donde la tocaba. No se movió dentro de ella. No la embistió ni hizo ninguna de las cosas que Susannah esperaba que hiciera. Solo la acarició, instalado encima como si pudiera esperar para siempre. El nudo que tenía Susannah en lo más hondo del vientre empezó a tirarle. Y luego se convirtió en algo mucho más grande y salvaje.

–No sé qué quieres decir –dijo Susannah finalmente parpadeando–. Soy tu viuda. Por supuesto que soy virgen. Moriste antes de poder remediarlo.

Si le quedaba alguna duda de que fingía no recordar, desapareció por completo. Porque la miró de un modo que era cien por cien Leonidas Betancur. El hombre duro y despiadado que recordaba perfectamente. El hombre que estaba en blanco cuando ella entró en aquel sitio.

¿De verdad había olvidado quién era? Y en ese caso, ¿cuándo volvió a recordar?

–Me resulta difícil de creer conociendo a mis primos –dijo entonces él, ofreciéndole más pruebas. Inclinó la cabeza hacia un lado. Le brillaban los ojos–. Me imaginaba que se lanzarían sobre mi viuda como una bandada de buitres carroñeros.

–Lo hicieron, por supuesto.

–Pero supongo que tu amor por mí era tan grande que te impidió aceptar una oferta mejor cuando se presentó –murmuró Leonidas con sarcasmo y una expresión cínica en los ojos.

Y el nudo que Susannah tenía en el estómago se hizo más duro.

–Tal vez te sorprenda saber que no me caen demasiado bien tus primos –le dijo agarrándole de los hombros como si se le pasara por la cabeza la idea de apartarlo. Pero no lo hizo. Los dedos se le curvaron por propia voluntad–. Les pedí que respetaran mi proceso de duelo. Repetidamente.

Esa vez, cuando Leonidas se rio, Susannah sintió su risa dentro, donde estaban conectados, y luego por todo el resto del cuerpo.

–¿Por qué exactamente has pasado ese luto, pequeña? –preguntó con sarcasmo–. ¿Por mí? Apenas me conoces. Déjame ser el primero en decirte que no soy mejor que mis primos.

–Tal vez sí o tal vez no –respondió Susannah–. Pero estoy casada contigo, no con ellos.

Y algo cambió entonces en Leonidas, pudo sentirlo. Una especie de terremoto que lo atravesó entero y luego a ella. Pero como si no quisiera que lo notara, como si quisiera fingir que no había sucedido, decidió empezar a moverse.

Todo volvió a cambiar por completo. Porque ella estaba muy húmeda y él muy duro y muy profundo. Susannah nunca había sentido nada igual. El embate, el roce. La presión, el calor. El placer puro y salvaje que parecía correrle por las venas, convirtiéndose en un líquido caliente y brillante allí donde se dirigía.

Indecisa primero pero con creciente confianza, aprendió a seguir su ritmo lento y constante. A pesar de su total falta de experiencia, se atrevería a decir que estaba siendo en cierto modo cuidadoso. Aunque había algo en su lentitud que la abría completamente con cada intensa embestida.

Sintió que se acercaba al clímax otra vez, hacia aquel fuego imposible que nunca había experimentado hasta aquel día, y supo por la intensidad del rostro de Leonidas por encima del suyo que él lo sabía. Que lo estaba haciendo deliberadamente.

Y aquello la liberó. No se peleó contra ello. No intentó mantener a raya la salvaje respuesta de su cuerpo. Tal vez más tarde lamentara haberse abandonado, pero ahora, allí, le parecía lo natural. Necesario.

Se agarró a él y dejó que la llevara dondequiera que fueran. Era su marido y había regresado de entre los muertos. Aquello era lo que más había deseado en el mundo, se lo había perdido durante todos aquellos años y no lo supo hasta ese momento. Hasta que Leonidas la tocó y todo cambió. Hasta que estuvieron tan profundamente conectados que dudaba poder volver a ser la misma de antes.

Leonidas deslizó la mano entre ellos y encontró el

centro de su cuerpo con sus deliciosos y duros dedos, y luego empeoró las cosas. Las mejoró.

–Ahora –le ordenó con cada centímetro de su ser controlando la situación. Controlándola a ella.

Y Susannah obedeció. Se deshizo. Se deshizo y voló como un objeto brillante y veloz.

Y le pareció escucharle decir su nombre cuando la siguió.

Capítulo 4

EN TODAS las sectas de las que Leonidas había oído hablar en su anterior vida no se aceptaba la marcha de sus miembros en ninguna circunstancia. A veces incluso se impedía con violencia.

Pero él tenía toda la intención de marcharse de allí.

Se levantó de la cama y dejó a Susannah en aquel dormitorio que en cierto modo se había convertido en su mundo, a pesar de lo tentado que se sentía a volver a saborearla. Su piel excitada y dulce, disponible para él mientras permanecía acurrucada y respiraba agitadamente contra la almohada.

Dios, qué ganas tenía de más.

Pero había recordado quién era. Y eso significaba que no podía quedarse en aquellas montañas ni un día más, y mucho menos en aquel campamento que era una cárcel.

Se apoyó en el lavabo del baño y evitó mirarse en el espejo que colgaba encima. No estaba seguro de querer ver en lo que se había convertido ahora que conocía la diferencia. Ahora que podía recordar lo que era no tener cicatrices ni marcas. Cuando era un dios de otro tipo.

Se dio una ducha rápida y trató de conciliar los diferentes retazos de recuerdos, antes y después del accidente. Leonidas Betancur y el Conde. Pero no podía dejar de pensar en Susannah, allí tumbada en su cama con el cabello rubio como un destello brillante sobre los marrones y grises que tan sosos le parecían ahora. Parecía tan delicada allí tumbada, tal como la recordaba de la boda, pero su cuerpo conocía la verdad. Todavía podía sentir cómo se agarraba a él, con las piernas enredadas en su cuerpo y el nido de su inocencia demasiado perfecto para poder soportarlo.

Leonidas se secó con la toalla. Había esperado tener que engatusarla para llevársela a la cama. O secarle las lágrimas. U ofrecerle algún tipo de consuelo por algo para lo que no estaba en absoluto preparado. No tenía experiencia con vírgenes, pero la sabiduría convencional sugería que necesitaban más cuidado. Más... suavidad. Aquello no era algo con lo que estuviera familiarizado. No importaba quién pensaba que era, pero supuso que podía tener un poco de compasión por la joven y dulce esposa que lo había seguido hasta allí, en medio de la nada, y le había hecho regresar a sí mismo.

Cuando volvió a la cama, Susannah no seguía acurrucada ronroneando como un gatito satisfecho. Ni tampoco estaba sollozando entre las sábanas. Estaba de pie arreglándose como si nada hubiera sucedido entre ellos. O al menos nada importante. Aquello le molestó, pero optó por ignorarlo.

–Tenemos que pensar en cómo plantear esto, por supuesto –le dijo su sorprendente esposa mientras se ponía el vestido–. No puede ser que el presidente de la Corporación Betancur, que supuestamente está muerto, salga del escondrijo de una montaña como si fuera una víctima. Y no podemos permitirnos que nadie sugiera que ha sido una crisis mental de algún tipo.

–Perdona, ¿una crisis mental?

Susannah se limitó a mirarle por encima del hombro. Sus ojos azules resultaban suaves y retadores al mismo tiempo.

Leonidas no sabía por qué tenía aquel sabor amargo en la boca. Y mucho menos por qué a su cuerpo no parecía importarle en absoluto si tenía que fiarse de su entusiasta erección al tenerla delante.

Su voz sonó áspera incluso a sus propios oídos cuando habló.

–No tengo intención de decirle a ningún otro ser humano que perdí la memoria, si eso es lo que te preocupa.

–Lo que me preocupa es que tenemos que construir una historia decente para explicar dónde has estado los últimos cuatro años –afirmó ella sin perder la paciencia girándose para mirarle–. Si no lo hacemos, alguien lo hará en nuestro lugar. Y sin duda recordarás que eres un hombre con muchos enemigos que no celebrarán precisamente tu regreso bailando por la calle.

Leonidas no sabía a quién se refería. No había sabido quién era él mismo durante cuatro años, y desde luego no sabía quién era Susannah. Sus recuerdos de ella eran muy vagos, después de todo, y sobre todo en comparación con la vibrante criatura que tenía ahora delante en aquella habitación en la que nunca había habido otra cosa aparte de sus pensamientos.

Tuvo un destello de su boda, de toda la parafernalia. Pudo escuchar el eco distante de la charla de su madre respecto a lo necesario que era que se casara con una mujer que no había elegido él mismo y lo que le debía a la familia como cabeza de la misma tras la muerte de su brutal y controlador padre. Su madre, egoísta, mezquina y manipuladora a su vez, que nunca había hecho ningún sacrificio por nadie, que le había dado a su violento marido el heredero que quería y luego no hizo nada para proteger a ese niño de la rabia del hombre. Su madre, a la que había querido a pesar de que todas las pruebas a lo largo de los años indicaban que no debía hacerlo, y a quien había obedecido solo por no romperle el corazón.

La mujer con la que había accedido a casarse era un parámetro. Algo adicional. Lo cierto era que había pensado en Susannah más aquel día que durante todo su compromiso o incluso durante la ceremonia y la celebración mediante la que unieron a sus dos ricas familias.

Y estaba pensando más en ella en ese mismo momento de lo que debería porque tenía una secta de la que escapar y una vida entera que retomar. Como si fuera él quien necesitara mimos y cuidados, una idea que le dejó en estado de shock. Tanto que estuvo a punto de echarse a temblar.

Susannah se recogió el pelo en un sencillo moño, y luego frunció ligeramente el ceño al acabar. Dirigió la mirada de la toalla que le rodeaba la cintura a las cicatrices que le cruzaban el pecho y después le miró a los ojos.

–No tendrás pensado quedarte aquí ahora que te he encontrado, ¿verdad? –le preguntó.

Leonidas no le dedicó ni una mirada a la habitación en la que había pasado tanto tiempo durante los últimos años. Aquella habitación en la que se había recuperado de un accidente de aviación y en la que no logró recuperar la mente.

–Creo que no –dijo.

Se tomó su tiempo vistiéndose para lo que sus seguidores llamaban «la ropa de fuera». Lo que significaba algo distinto a la larga camisa blanca. Botas, vaqueros y una sudadera como si fuera una persona de la montaña igual que los demás. Cuando en realidad era Leonidas Betancur y siempre lo había sido, por mucho que la gente de allí le hablara de profetas cayendo del cielo.

Tenían que salir de aquel campamento antes de que alguien descubriera que el Conde había recordado su auténtica identidad.

–Sígueme –le dijo a Susannah cuando se hubo vestido–. Haz lo que te digo y puede que salgamos de aquí sin sufrir ningún percance.

Leonidas echó un vistazo a la habitación, pero todo lo que había allí pertenecía al Conde, no a él. No quería nada de aquel sitio. Quería volver a ser él mismo.

Y cuando salió del dormitorio todo fluyó como había deseado. La gente allí no tenía ni idea de que todo había cambiado. Que su Conde se había despertado de un hechizo.

Leonidas les dijo a sus seguidores que Susannah había sido castigada y humillada por hacer semejantes declaraciones contra él, algo que ella hizo creíble caminando varios pasos por detrás de él con la cabeza baja. El Conde iba a bajarla él mismo de la montaña en una de sus excepcionales incursiones fuera del santuario.

–En el futuro –le dijo a Robert mientras el otro hombre caminaba a su lado–, no deberíamos permitir que las mujeres dieran falsos testimonios dentro de nuestros muros.

–Parecía muy segura –dijo el otro hombre–. Y tú parecías intrigado, Conde.

Leonidas le sonrió del modo que siempre hacía, pero esa vez vio lo que el Conde nunca vio. Que Robert pensaba que era el líder allí, y que tal vez lo fuera porque había encontrado a Leonidas y le había devuelto la salud. Que Robert necesitaba un profeta, porque un profeta podía convertirse fácilmente en mártir.

Una información que sin duda las fuerzas del orden encontrarían muy útil cuando se marchara de allí.

–Deberías estar más seguro –le dijo a Robert disfrutando del modo en que el otro hombre le miró desafiante a pesar de mantener la boca cerrada en presencia del Conde–. O tal vez este no sea tu sitio.

Y entonces Leonidas se marchó de aquella vida que nunca había elegido y no quería para volver al mundo que nunca quiso dejar.

–En cuanto la prensa descubra que estás vivo se lanzarán sobre ti como una plaga de langostas –dijo Susannah con aquella frialdad que le hacía preguntarse dónde estaba la princesita que recordaba mientras bajaban por la montaña hacia el todoterreno cubierto de barro que les esperaba–. Si descubren que has estado retenido aquí estará mal. Pero ¿decir que perdiste la memoria, que olvidaste quién eras y pensabas ser un...?

–No digas «dios» –le advirtió él en voz baja mientras se acercaban al coche que les estaba esperando–. Alguien podría oírte.

–No podemos permitir que te vean débil –le dijo Susannah saludando con una mera inclinación de cabeza al hombre que los estaba esperando–. Eso tendría demasiadas repercusiones.

Sonaba como una Betancur sedienta de sangre, no como la colegiala tímida que él recordaba. Pensó entonces que mientras él había estado atrapado en ámbar durante años, Susannah fue arrojada al foso de los leones de su familia con todas sus agotadoras intrigas y maquinaciones.

Y Leonidas no supo si le irritaba o le gustaba que ya no fuera tan frágil, tan vulnerable.

Lo único que sabía era que quería más. Quería más de lo que se había perdido. Más de Susannah. Más tiempo con ella, para explorar aquella mente fascinante y su pequeño cuerpo perfecto.

Quería recuperar los cuatro años que había perdido. Quería aclarar todas las sombras que tenía en la cabeza de una vez para siempre. Quería sentirse aunque fuera una mínima parte de lo invulnerable que era antes de que aquella avioneta se estrellara. O como cuando era el Conde, un hombre que sabía exactamente cuál era su lugar en el mundo.

Quería tener certeza, y pensó que podía empezar por su mujer. Porque ella era algo seguro. Estaba casada con él. Había ido a buscarle y lo había encontrado. Pero primero tenía que hacer el papel de Lázaro resucitado y levantarse de entre los muertos.

Tres semanas más tarde, Leonidas estaba en Roma. El lugar al que pertenecía.

Las oficinas de la Corporación Betancur estaban en un edificio cromado de cristal con grandes ventanales que se alzaban ante él, y tenía una amplia vista de Roma a sus pies desde su enorme despacho. Recordaba aquella vista como recordaba la empresa y los años que había pasado allí potenciando la fortuna familiar y haciendo honor a su apellido.

Pero lo que no podía recordar tan bien era al hombre que estuvo allí de pie cuatro años atrás mirando lo que él veía.

Sabía quién era ahora. Recordaba el antes y el después. Su infancia, paliza tras paliza mientras su padre le «preparaba» para la vida como heredero de los Betancur. El descuido y la total falta de interés de su madre por proteger a un niño de aquella violencia porque, como le dijo una vez, aquello no la concernía directamente.

–Tu padre es problema tuyo –le dijo.

Y lo era. No era relevante que Leonidas quisiera todo lo que acarreaba su posición como heredero de los Betancur. Nadie le había preguntado nunca qué quería. Su madre le abandonó a los designios de su padre y Leonidas no tuvo más remedio que convertirse en el hombre que su padre quería que fuera.

Ahora lo recordaba todo. Al niño que había dejado de llorar esperando que alguien le salvara porque nadie lo hizo. El adolescente que nunca traspasó los límites que le marcaron porque no valía la pena arriesgarse a las consecuencias. Creció acorde de cada uno de los brutales dictados de su padre hasta que el hombre murió de un aneurisma.

Lo recordaba todo.

Leonidas sabía que si buscaba un espejo y se miraba finalmente volvería a parecer él mismo a pesar de las cicatrices que contaban la historia de aquel terrible accidente de aviación. Sus trajes hechos a medida habían llegado desde Milán y habían sido ajustados según sus instrucciones en la intimidad de su propia casa. Llevaba zapatos de piel hechos a mano para él por artesanos locales que le agradecían el honor. Se había cortado otra vez el pelo como siempre le gustó, con un estilo casi militar.

Aprendió a dormir otra vez en su propia cama, una estructura gigantesca que ocupaba la mejor zona del ático y que estaba pensada para jugar y para dormir. Muy distinta al robusto colchón del campamento.

Volvió a disfrutar de deliciosa comida en lugar del rancho del campamento. Redescubrió los vinos de su familia y su propia colección. Se dio el gusto de volver a tomar café negro y licores fuertes.

Se repetía todo el rato que era afortunado. Que mucha gente nunca tendría la posibilidad de ver la vida desde un punto de vista tan rico como el suyo. Aquella idea le había perseguido la mayor parte de su regreso al mundo. El largo vuelo de vuelta, plagado de llamadas de teléfono de los equipos legales de los Betancur de todo el planeta. Y luego su madre, que había hecho su típica actuación a lo Maria Callas al escuchar su voz pero, por supuesto, había sido incapaz de dejar sus vacaciones en el Pacífico Sur y correr a su lado.

Una excelente distracción del hecho de que la última vez que estuvo en un avión privado, estalló y estuvo a punto de matarle.

Se recordó a sí mismo una y otra vez la suerte que tenía durante el acoso de la prensa cuando aterrizó. Durante discursos que dio en todas las entrevistas posteriores, o las historias que contó a quienes le preguntaban por su tiempo fuera. Cada vez que sonreía daba forma a aquella visión que tanto preocupaba a Susannah y que la junta directiva también consideraba de suma importancia.

Y luego llegó el momento de volver al trabajo, y allí fue donde Leonidas descubrió que su memoria no funcionaba tan bien como debería. Al principio se negó a admitirlo porque no quería pensar que fuera posible, pero al parecer no había recordado absolutamente todo cuando recuperó la memoria.

Se dio la vuelta y metió las manos en los bolsillos de la chaqueta del traje de tres piezas manteniendo un gesto impasible mientras miraba por la ventana del otro lado del despacho. Aquella era una pared interna y a través de ella podía ver la lujosa planta ejecutiva de la Corporación Betancur.

Y, sobre todo, podía ver a Susannah. Cuando apareció en el campamento, Leonidas no dedicó tiempo a pensar qué hacía en su vida. Seguramente estaba demasiado ocupado recuperando su identidad y su propio pasado. Pero tuvo un primer destello en el vuelo de regreso a Europa, cuando ella se ocupó de todas las llamadas que tenía que hacer, interviniendo cuando era necesario con una palabra tranquila que siempre hacía callar a todo el mundo. Al instante. Y lo notó todavía más durante la primera conferencia de prensa, cuando salieron del edificio y Susannah manejó su reinserción en la vida con aparente facilidad. Utilizaba aquella sonrisa suya, fría y calmada. Irradiaba aquel refinamiento particular, impresionante e inconfundible que parecía definirla aquellos días... porque no lo abandonó cuando finalmente consiguieron atravesar la masa de periodistas y subir al ascensor privado que los llevó de la calle al vestíbulo del ático de Leonidas.

«Del ático de los dos», no debía olvidarlo. Porque Susannah también vivía allí, según le dijo, desde la boda.

–¿También has ocupado mi posición en la empresa? –le preguntó Leonidas en medio del silencio del enorme espacio abierto de tres pisos que antes era su orgullo y su alegría.

Pero aquel día solo pudo centrarse en Susannah. Tenía la garganta seca de la conferencia de prensa. Se sentía fuera de sí mismo, como si se estuviera recuperando de nuevo del accidente cuando en realidad estaba en medio de lo que debería sentir como su hogar.

Pero se dijo que tal vez nunca volvería a sentirse en casa en ningún sitio. No quería regresar a las montañas de Idaho bajo ningún concepto, pero tampoco estaba muy seguro de que Roma fuera su sitio. El hecho de que la esposa que apenas conocía se sintiera más cómoda en su casa que él le resultaba inquietante.

Tal vez no fuera que lo inquietara. Quizá le hacía sentirse orgulloso y al mismo tiempo como solo de un modo extraño que no le gustaba nada.

–Nadie te ha reemplazado –replicó Susannah en aquellos primeros momentos en el ático.

Estaba allí de pie con uno de sus conjuntos negros. Parecía no tener otra cosa. El único color que llevaba era el dorado de su pelo y el azul brillante de los ojos. Resultaba algo más que guapa: impactante. Leonidas tenía la impresión de que nadie la subestimaba dos veces.

–No intentes apaciguarme, por favor.

Susannah alzó una ceja.

–Moriste antes de poder cambiar el testamento y reflejar los cambios que al parecer habían sido acordados antes de nuestra boda, Leonidas. Lo que significaba que todo recaía sobre mí. Y no encontraba ninguna razón para buscar un nuevo presidente o director que ocupara el puesto. Como te podrás imaginar, hubo muchos candidatos a lo largo de los años. Pero ninguno eras tú.

–Han pasado cuatro años. Es una eternidad.

Ella sonrió con frialdad.

–Solo empezamos a buscar un reemplazo activamente hace un año y medio más o menos.

La cabeza de Leonidas empezó a darle vueltas a aquella idea.

–Eso no tiene sentido. Seguro que alguno de mis primos...

–Tus primos tienen muchas buenas ideas y un sentido todavía mayor de tener derecho a algo. Pero no tienen la habilidad de sostener esto –Susannah alzó uno de sus delicados hombros–. Y, por desgracia para ellos, aunque tengan la sangre de los Betancur yo soy la que cuenta con el voto decisivo.

No, pensó ahora Leonidas como entonces. No sería inteligente subestimar a su siempre sorprendente esposa.

Estaba en la oficina, abriéndose camino por el pasillo central de la planta ejecutiva. Aquella tarde llevaba otro de sus conjuntos negros y botas negras de tacón altísimo, pero ella parecía caminar con la misma facilidad que cuando subió y bajó la montaña. El vestido tenía una manga fina que se curvaba sobre los hombros, llamando en cierto modo la atención sobre su elegante figura femenina sin mostrar demasiado.

Quería saborearla. Quería probar la diferencia entre lo delicada que parecía y lo fiera que sospechaba que era en realidad.

Leonidas no parecía capaz de controlar su deseo, pero se dijo que seguramente se debía al tiempo que había pasado sin la compañía de una mujer. Ella había reavivado su sed, nada más. No se trataba de nada personal. No podía ser. Leonidas no permitiría que lo fuera.

A él no le gustaba lo personal. Sospechaba que aquella era la primera consecuencia del estilo de educación de su padre. Nada era nunca personal, todo eran negocios.

Esperó allí mientras ella avanzaba por el largo pasillo, sonriendo y saludando con la cabeza al pasar de un modo no precisamente amistoso, sino frío. Directo y preciso. La viuda Betancur.

–Era casi una niña cuando nos casamos –le dijo en algún momento cuando sobrevolaban el Océano Atlántico–. Durante el primer año de tu desaparición lo único que tenía era la profundidad de mi dolor.

Leonidas se rio sin ganas y con aspereza.

–¿Qué dolor? Si no recuerdo mal, apenas nos conocíamos.

Ella le miró entonces con franqueza y honestidad.

–Pero eso nadie lo sabía –aseguró con tono pausado–. Y, si lo sabían, era su palabra contra la mía. Y yo era tu viuda, con tu fortuna y tu poder al alcance de mis dedos. Así que no importaba lo que la gente dijera. Importaba lo que dijera yo. Y yo dije que mi dolor era tan grande que no podía pensar siquiera en nombrar un sucesor para ti.

Leonidas trató de imaginarse la empresa y a su familia tras su muerte. Sus conspiradores primos habían visto la situación como una intervención divina y una oportunidad para llevarse por fin lo que siempre habían considerado suyo. Su manipuladora madre habría logrado consolidar su poder mientras lloraba su pérdida en público, una manera estupenda de obtener la atención que siempre había anhelado. Por su parte, la codiciosa junta directiva habría formado una alianza para pulverizar a la competencia en su carrera para obtener lo que había sido de Leonidas.

Todos ellos estaban marcados por la habilidad de manipular cualquier situación en su beneficio. Formaban parte de lo más corrupto y mimado de la élite europea, y se regocijaban en sus posesiones y en las vidas que habían destrozado a lo largo del camino.

Y al parecer todo aquello cayó sobre los hombros de una chica de diecinueve años.

–Así que lloraste mi repentina pérdida –retomó Leonidas–. Guardaste luto mucho más tiempo del que nadie habría esperado tras un matrimonio que duró menos de un día. Y a juzgar por tu actitud sombría, parece que sigues haciéndolo.

–El dolor se asienta en una persona hasta que haya pasado –murmuró ella. Luego sonrió y le miró con sus brillantes ojos azules–. ¿Y quién puede decir cómo pasa el duelo otra persona, o cuándo debe terminar?

A Leonidas le quedó claro que había sido más lista que todos los demás.

Una impresión que aquellas semanas en Roma no habían logrado disipar.

Como si Susannah hubiera sentido entonces sus ojos clavados en ella, alzó la vista desde el final del largo pasillo y le miró. No cambió el paso. Su expresión no se alteró. Cruzó la puerta del despacho de Leonidas cuando llegó y dejó que se cerrara a su espalda. Y entonces se quedaron dentro de aquel espacio silencioso. Una sonrisa asomó a los labios de Susannah y él sintió un extraño tirón por dentro.

Tardó más tiempo del que debería en recordar que para su mujer todo era cuestión de «visión». Solo estaba actuando, se dijo con firmeza. Sonreía para que la gente de la oficina que mirara a través de la pared de cristal los viera interactuar. Aquello era para todos los que cotilleaban y se preguntaban qué clase de relación podrían tener un hombre que debería estar muerto y la mujer que había dejado atrás.

–Tu secretaria me ha dicho que querías verme –dijo Susannah.

No esperó su respuesta. Se acercó a la zona de descanso que había cerca del gran ventanal y se acomodó en uno de los sofás bajos.

–Sí, así es.

–Creo que todo está yendo bien, ¿no te parece? –Susannah cruzó las manos sobre el regazo.

A Leonidas le asaltó un recuerdo del campamento, del modo en que se sentó allí en aquella celda con todas las cámaras fijas en ella, con la misma calma con la que estaba ahora sentada delante de él. Exudando serenidad por todos los poros.

–Creo que a tus primos les resulta un poco difícil fingir que están emocionados con tu resurrección, pero todos los demás se están tragando la historia.

–Cuando dices «todos los demás» te refieres al mundo. A la prensa.

–No solo a la prensa. Eres una de las historias más importantes en todas las redes de noticias de Europa. A todo el mundo le encanta lo del regreso de entre los muertos.

Leonidas sabía que tenía razón. Pero hubo algo en él que se resistía a su cinismo. O tal vez fuera algo más. Tal vez fuera el hecho de que estuviera tan cerca de él. Lo único que quería era tocarla como hizo cuando era el Conde, pero sabía que no debía.

Lo único que Susannah quería era hablar de historias. De la visión. De campañas y complicadas conspiraciones para volver a asegurar su lugar allí.

Susannah era la virgen, pero Leonidas era quien no parecía capaz de desligarse. Desde que llegaron a Roma, ella se había mantenido lejos de su alcance. Disponible si necesitaba su presencia, pero cuando volvían al ático apenas interactuaban. Susannah dormía en la habitación de invitados en la que se había instalado durante todo aquel tiempo, al parecer. Cuando una noche le preguntó por qué parecía evitarle en la casa que compartían, ella se limitó a sonreír con dulzura y le dijo que era consciente de que tenía que encontrar su propio camino de regreso a su vida y no quería entrometerse.

A Leonidas toda la situación le resultaba difícil, pero no quería investigar la razón.

–Me alegra que me hayas llamado –estaba diciendo Susannah–. Porque yo también quería hablar contigo. No quería sacar este tema hasta que llevaras en casa el tiempo suficiente para sentirte en tu sitio, pero tampoco creo que tenga sentido retrasar las cosas innecesariamente.

Leonidas sabía que debía decir lo que quería decir o no lo haría nunca. Porque al principio no creía que estuviera sucediendo. Pensó que era el estrés, o tal vez que se sentía abrumado... aunque no recordaba haberse sentido abrumado antes en su vida.

Pero aquella mañana se sentó en una reunión y escuchó la discusión que se desarrollaba a su alrededor, consciente de que tendría que haber reconocido a la gente que estaba allí hablando. Reconoció los nombres en el informe que su secretaria le había dado, pero no fue capaz de casar los nombres con las caras.

–Tengo agujeros en la memoria –le dijo ahora antes de pensárselo mejor. Permaneció donde estaba. Alto y estirado con todo aquel ventanal y Roma detrás. Como si eso pudiera cambiar algo. Hacerle completo otra vez.

Susannah parpadeó.

–¿Agujeros?

–Sé quién soy. Y sé quién eres tú. También reconocí a mi madre cuando finalmente se dignó a aparecer la otra noche.

–Apollonia no es fácil de olvidar. Aunque a veces uno desearía que así fuera.

–Pero hay muchas cosas que no recuerdo. Demasiadas.

Ya estaba. Ya lo había dicho. Esperó a que le cayera una buena encima por haber admitido semejante debilidad.

Pero no sucedió nada. Susannah se limitó a mirarle como si no tuviera ningún problema en esperar el tiempo que hiciera falta a que le contara el resto.

–Caras. Nombres. Decisiones empresariales que

sin duda tomé años atrás –Leonidas se encogió de hombros–. No tengo acceso a nada de eso.

Ella se quedó pensativa con las manos cruzadas sobre el regazo.

–¿Te sucede todo el tiempo?

–No, pero es suficiente. Esta mañana estaba en una reunión de vicepresidentes y no conocía a una sola persona de la sala. Y ninguno de ellos fue contratado en los últimos cuatro años.

–No, así es –Susannah frunció entonces el ceño y clavó la mirada en la suya.

Leonidas no pudo evitar sentir algo parecido al alivio por que alguien aparte de él lo supiera. No era el único que tenía que cargar con todo el peso.

–¿Ellos saben que no les recuerdas?

Leonidas dejó escapar un suspiro sin querer.

–Creo que eso no sería una buena idea para la visión –dijo con más aspereza de la que pretendía.

Pareció que Susannah no se movía, pero Leonidas estaba convencido de que tenía la espalda más recta que antes.

–Estaba menos preocupada por la visión o por el mensaje que podrías haber dado y más preocupada por ti –apretó con fuerza los labios y Leonidas no supo por qué, pero se sintió mortificado–. Ya me imaginaba que lo habrías manejado de tal modo que nadie podría saber que no los recordabas.

–Lo hice –Leonidas inclinó la cabeza–. Pero me preocupaba que sea solo cuestión de tiempo que me vea en una situación en la que no pueda cubrirme.

Ella pareció sopesar lo que acababa de decir.

–¿Qué dijo el médico sobre la pérdida de memoria persistente? ¿Hablasteis del tema?

Leonidas no había tenido ningún interés en ver a un médico cuando por fin llegó a casa, porque habría supuesto admitir debilidad por su parte. Pero finalmente cedió a los médicos que habían atendido a la familia Betancur durante años, porque al final, ¿qué otra cosa podía hacer? Ya fuera una debilidad o no, no había nadie más preocupado que él por los cuatro años que había perdido. Era él quien los había vivido, convencido de que era una persona completamente distinta.

Dejó escapar el aire por la boca y mantuvo la mirada clavada en Susannah.

–Es posible que nunca vuelva a recordar el accidente de la avioneta, pero supongo que eso es en cierto modo una bendición. El médico tiene confianza en que cada vez recuperaré más y más recuerdos con el tiempo, hasta que quede muy poco o nada sin cubrir. Pero no tengo tiempo.

Ella frunció levemente el ceño.

–Tienes todo el tiempo que necesitas.

–Solo hasta que alguien empiece a sospechar la verdad –Leonidas la miró–. Tú eres la única que lo sabe, Susannah. Tú y el médico, pero dudo mucho que se atreva a desobedecer la orden que le he dado de guardar silencio. Su modo de vida depende de ello.

Susannah ya no tenía las manos cruzadas en el regazo como una monja. Se había llevado una a la clavícula y la tenía allí apretada, como si tratara de dejar la huella de sus dedos en su propia piel. No había ninguna razón en particular para que Leonidas encontrara aquel gesto tremendamente sexy. Encantador. Era como si estuviera indefenso frente al deseo de saborearla. Solo una vez más. Eso era lo que se decía noche y día cuando el anhelo se apoderaba de él: solo una vez más.

Pero no ahora.

–Te necesito –le espetó sin más. Con crudeza.

Le pareció que Susannah movía casi imperceptiblemente el cuerpo, pero hizo un esfuerzo por controlarlo.

–Tengo claro que has pasado los últimos cuatro años aprendiendo todo lo que hay que saber sobre esta empresa –declaró básicamente para encubrir lo que acababa de decir.

–No tuve elección –la mirada azul de Susannah se había vuelto tormentosa–. O eso o me devoraban.

–Entonces tú me guiarás –le dijo él sin disimular el alivio que sentía–. Me cubrirás en las cosas que no puedo recordar.

Una expresión extraña surgió en el rostro de Susannah.

–¿Ah, sí?

Leonidas se acercó entonces al sofá, como si al admitir lo que necesitaba hubiera perdido pie.

–En circunstancias normales sería extraño llevar a mi mujer a todas partes, pero tú has estado ejerciendo de presidenta, así que a nadie le extrañará.

–¿Y cómo va a funcionar esto? ¿Vamos a desarrollar un sistema de toques? ¿Un lenguaje de signos? O te puedo alertar sobre cosas que deberías saber utilizando el código morse con las pestañas.

Susannah había vuelto a poner las manos en el regazo. Él se dio cuenta de que hacía aquel gesto cuando no estaba calmada pero quería aparentarlo.

–O simplemente puedes saludar a la persona que tienes delante por su nombre y yo te seguiré.

Ella no dijo nada. Pero a Leonidas le dio la impresión de que adquiría una expresión de rebeldía.

–¿Esto va a ser un problema para ti?

–Me serviría de ayuda saber en qué periodo de tiempo recuperarás la memoria.

–Me han dicho que la mente humana lleva su propio ritmo –dijo él con frialdad apretando los dientes–. Te aseguro que por muy inconveniente que sea para ti mi pérdida de memoria, para mí es mucho peor.

Ella asintió al escuchar aquello y luego tragó saliva. Algo prohibido se abrió paso en Leonidas.

–¿De qué querías hablarme?

–Bueno –dijo Susannah con gesto sereno–. Esto es un poco incómodo. Pero quiero el divorcio.

Capítulo 5

SUSANNAH estaba convencida de que Leonidas podía darse cuenta de que estaba temblando allí sentada porque su expresión habitualmente arrogante se convirtió en algo mucho más letal y oscuro.

Estaba allí de pie, más guapo de lo que debería estar permitido para cualquier hombre, la personificación de una imposible masculinidad en medio de aquella oficina de cristal y con Roma a sus pies. Mentiría si dijera que Leonidas no la afectaba. Si dijera que no se estremecía cada vez que lo tenía cerca como si todavía fuera aquella novia adolescente abrumada de cuatro años atrás.

Ya había sido bastante malo en la montaña. Se había estado fustigando por el modo en que sucumbió a él desde que sucedió. ¿En qué estaba pensando? ¿Cómo era posible que hubiera caído tan fácilmente con un hombre al que apenas conocía?

No tenía excusa para su comportamiento. Lo sabía. Igual que sabía que no podría contarle nunca a Leonidas los sueños que la despertaban por su potencia noche tras noche hasta que tenía que encerrarse en su dormitorio del ático que compartían para asegurarse de que se mantendría alejada de él en aquellas horas oscuras y peligrosas en las que se despertaba sola y hambrienta.

De él.

El regreso de Leonidas lo había cambiado todo, tal y como se imaginaba que sucedería.

El mundo se había vuelto loco cuando saltó la noticia de que lo habían encontrado con vida. Los periodistas, los agentes de la ley y la junta directiva apenas le habían dejado respirar. Su familia no había sabido cómo actuar. Pero debajo de todo aquello, la verdad era que quien había regresado a casa era Leonidas, no ella. Aquello no tenía nada que ver con Susannah.

Ella había sido viuda durante todo su matrimonio. Y se había mantenido deliberadamente en aquella posición durante los últimos cuatro años porque la otra opción era mucho peor.

Pero con Leonidas en casa era libre.

Daba igual que ahora la estuviera mirando con una expresión que solo podía definir como depredadora.

–Creo que no te he entendido bien –dijo Leonidas con tono frío y a modo de advertencia–. ¿Podrías repetirlo?

–Creo que me has oído perfectamente –contestó ella como si no sintiera un temblor por todo el cuerpo. Pero se dijo que Leonidas no podía verlo–. Quiero el divorcio. Lo antes posible.

–Casi no llevamos nada de tiempo casados.

–Tal vez tú tengas esa sensación porque no puedes recordar, pero yo sí –Susannah forzó una sonrisa fría–. Cuatro años es de hecho mucho tiempo para ser una Betancur.

–Suena como si no quisieras ser parte de mi familia, Susannah –Leonidas inclinó la cabeza de aquel modo que le recordaba que había gente en el mundo que le consideraba un dios–. Nadie puede culparte por ello, por supuesto. Son una panda de manipuladores desagradables y vengativos, y eso cuando tienen un buen día. Pero ellos no soy yo.

–Leonidas...

–Estás casada conmigo, no con ellos.

–Ese argumento podría haber funcionado años atrás –murmuró ella con debilidad, porque lo cierto era que estaba funcionando ahora también y aquello era lo último que deseaba.

No se entendía a sí misma. Había trabajado incansablemente todo aquel tiempo para encontrarlo y así poder escapar, y ahora que tenía la oportunidad de hacerlo, su cuerpo se rebelaba. Le dolía el pecho cuando estaba con él. Le dolía tanto que le rebotaba en el vientre y sentía fuego por todas partes. Tanto que le daba miedo que Leonidas pudiera verlo.

–Entonces era una adolescente moldeable, pero eso era entonces.

–Y esto es ahora.

Leonidas no hizo nada en particular, ni siquiera pareció moverse, pero de pronto no había aire en la sala. Como si se lo hubiera llevado todo y lo tuviera retenido allí delante de ella.

–Y te necesito. ¿Vas a negarte a ayudarme?

–Me gustaría –afirmó ella sonriendo para intentar evitar la punzada de escozor que sintió.

–Dime, Susannah, ¿por qué me buscaste? –le preguntó Leonidas tras un instante–. ¿Por qué fuiste hasta Idaho y subiste aquella montaña si lo más fácil habría sido quedarse aquí? Todo el mundo me creía muerto. Podrías haberlo dejado así y nadie se habría imaginado otra cosa. Ni siquiera yo.

–De verdad, quiero el divorcio –insistió Susannah con la mayor ligereza posible. Pero podía sentir el temblor de su voz.

Lo que no quería era mantener aquella conversación. Había asumido de manera ingenua que no habría nada que discutir. Leonidas no la conocía. Era imposible que quisiera tener ningún tipo de relación con ella, y la verdad era que tampoco le interesó en el pasado.

Aquel era el momento perfecto para trazar una línea y tachar aquel matrimonio extraño y condenado y seguir adelante con sus vidas. Por separado.

Pero antes se veía obligada a aceptar el hecho de que tras reservar su virginidad todo aquel tiempo se había arrojado a los brazos de aquel hombre. Leonidas no sabía quién era, pero Susannah sabía muy bien quién era ella y eso era lo que no se podía perdonar.

Había necesitado todo el autocontrol que tenía para actuar como si perder la virginidad no le hubiera afectado. Pero cuanto más tiempo pasaba cerca de aquel hombre, menos capaz se sentía de mantener aquel control. Quería escapar antes de romperse. Estaba cansada de todo aquel poder corrosivo y de la codicia de todos los que la rodeaban.

Durante todo aquel tiempo había creído tener una responsabilidad hacia el marido que había muerto tan repentinamente. Tal vez debido a aquellas fantasías infantiles sobre lo que podría haber sido. Fuera cual fuera la causa, Susannah se había tomado muy en serio aquella responsabilidad, y una de las razones por las que había triunfado era que no sentía nada.

Pero entonces entró en el campamento del líder de una secta tras tantos años entumecida y a salvo y sintió demasiado.

Durante todo el trayecto en avión de vuelta a casa intentó convencerse a sí misma de que se trataba de un problema geográfico, nada más. Que lo que había sucedido en ese campamento era algo que solo podía suceder en las Montañas Rocosas en medio de aquel espacio gigantesco. Pero seguía despertándose cada noche en la barricada de su dormitorio del ático empapada en sudor, con el corazón acelerado y una sensación profunda y salvaje entre las piernas, viva de deseo.

Un deseo que no iba a desaparecer. No mejoraba.

Y Susannah se dio cuenta de que aquello era lo único peor que pasar el resto de su vida como la viuda Betancur. Deseando a un hombre que sabía, aunque él no fuera consciente todavía, que se cansaría de ella. Rápidamente. Tal como su madre le había explicado con frialdad que hacían los hombres en su versión de la «charla» previa a la noche de bodas.

–Leonidas Betancur es un hombre tremendamente rico y con un gusto exquisito –le dijo Annemieke Forrester a su única hija aquella noche–. Más te vale asumir que sus gustos sexuales son igualmente exquisitos. Y tú eres una niña sin experiencia. No puedes esperar despertar el interés de un hombre como Leonidas.

–Pero va a ser mi marido –protestó Susannah, tan inocente y joven entonces.

–Pronto aprenderás que tu poder vendrá de la elegancia con la que ignores sus devaneos –aseguró su madre con firmeza–. Eso hará que te respete.

–¿Respetarme? –repitió ella.

–Tu trabajo es darle un heredero –continuó su madre–. Tu virginidad es tu regalo de boda. Después tendrás que centrarte en quedarte embarazada y mantenerte bella. Mantén la compostura, Susannah. Nadie valora a una mujer histérica y amargada encaminada a un divorcio complejo. Llevarás una vida llena de comodidades y lujo. Te aconsejo que le saques el mayor partido posible.

–Pensé que el matrimonio sería...

–¿Qué? –la interrumpió su madre con sorna–. ¿Un cuento de hadas? Leonidas se cansará de ti, niña, y pronto. Da igual –hizo un gesto despectivo con la mano–. No importa por dónde deambule un hombre, lo importante es la casa a las que vuelve. Con el tiempo regresará a ti más veces de las que se irá y lo hará de mejor grado si le has ahorrado escenas y recriminaciones.

Susannah procuró agarrarse a aquello cuando su marido la dejó en su noche de bodas. Y ahora no era tan ingenua como en aquellos días. Y la única razón por la que quería tenerla cerca, pensó antes incluso de que contara lo de las lagunas de memoria, era porque ella era quien le había encontrado. La única que sabía dónde había estado.

–Deberías saber que no podemos divorciarnos –afirmó Leonidas ahora con la mirada oscura todavía clavada en la suya–. Hace muy poco que he regresado. Piensa en la visión.

–Es algo que desde luego no pierdo de vista –Susannah se sintió orgullosa del modo en que controló el tono de voz–. Pero también quiero recuperar mi vida.

–¿A qué vida te refieres exactamente? –Leonidas ladeó ligeramente la cabeza y ella volvió a experimentar aquella sensación de desconexión. Como si estuvieran en dos sitios a la vez y uno de ellos fuera el campamento donde él era el gobernante supremo–. Que yo sepa, la vida que llevabas antes de casarte conmigo era como una prisión. Estabas más protegida que una monja.

Susannah se puso tensa y ni siquiera supo por qué.

–¿De qué estás hablando?

–Es increíble qué cosas permanecen en la memoria aunque haya olvidado el nombre del director de recursos financieros –Leonidas empezó a recorrer el despacho–. Tu padre te prometió a mí cuando eras muy joven, como seguramente sabes.

–Por supuesto que lo sé. Nunca lo he olvidado –Susannah lamentó la prepotencia con la que habló, pero si a Leonidas le molestó no dio ninguna prueba de ello.

–Tu padre no es un buen hombre, como seguro que ya sabes –continuó él con el mismo tono–. Trató de endulzar la situación cuando vio que yo estaba menos interesado en el acuerdo de lo que él quería –alzó la vista para mirarla fijamente–. No solo estaba vendiendo a su hija, sino que además me prometió que sería virgen. Para que tu precio subiera. El sacrificio de una virgen para mí.

Susannah no entendió por qué se le secó la boca. Ni por qué le latía con tanta fuerza el corazón. En realida, aquello no suponía ninguna sorpresa.

Pero, por otro lado, estaban hablando de su vida. De todos los años que había pasado en aquel estricto internado.

–Lo que sea o deje de ser mi padre es insustancial –se encogió de hombros y trató de mantener una expresión neutral–. Se trata de mí. No estamos hablando de lo que una adolescente cree que les debe a sus padres. Se trata de lo que yo quiero.

–¿Y qué es lo que quieres?

–Libertad –respondió ella sin pensárselo–. Quiero mi libertad.

–¿Y cómo crees que será la libertad para una mujer que ha sido la viuda de Betancur? –preguntó Leonidas con tono pausado–. ¿Dónde crees que podrás esconderte de la influencia de mi apellido?

–Ya no soy tu viuda –le recordó Susannah–. Te tengo justo delante.

–Y sin embargo sigues llevando ropa negra, como si esperaras un segundo funeral en cualquier momento. El mundo no está preparado para soltar un icono tan poderoso como su viuda favorita, Susannah. Seguro que lo sabes. ¿Dónde irás? El pasado te seguirá como una sombra. Siempre ocurre así.

–Y lo dice el hombre que se tomó un respiro de cuatro años del suyo.

–No voy a discutir contigo.

Susannah reconoció aquel tono. Le recordó a la

conversación que habían tenido en el coche que los había llevado a la recepción de la boda después de la iglesia. Al modo implacable en que su perfecto desconocido marido la había mirado desde su asiento.

–No va a haber luna de miel –le había dicho cuatro años atrás–. No puedo tomarme esas vacaciones del trabajo.

Y, cuando Susannah reaccionó a aquello, cuando permitió que la emoción coloreara su rostro, Leonidas se volvió todavía más frío.

–Sé que eres joven, pero con el tiempo me agradecerás que no deje espacio a tu infantilismo. Todos debemos crecer en algún momento, Susannah. Incluso las niñas mimadas deben convertirse en mujeres.

Hacía años que no pensaba en aquella conversación. Pero Leonidas seguía hablando ahora.

–Está claro que tienes una ficha de cambio –estaba diciendo en ese tono seco que utilizaba–. No deseo que nadie sepa que perdí la memoria, y mucho menos que todavía no la he recuperado del todo. Por muchas razones de las que hablamos en Idaho: la visión, mis primos...

–Te entiendo, pero eso no cambia nada...

–No he terminado.

No había razón para que Susannah se sintiera mortificada, pero así se sintió. Y a pesar de los avances que había creído hacer durante su ausencia, guardó silencio. Como un perro a la voz de su amo.

–Si quieres divorciarte de mí no tengo ninguna objeción, Susannah –afirmó Leonidas–. Pero no ahora.

Como si dependiera completamente de él, como si fuera el dios de todo.

–No puedes obligarme a quedarme –dijo ella con demasiada intensidad.

Leonidas se encogió de hombros.

–Tú quieres ser libre, yo quiero tu ayuda y estoy dispuesto a darte la libertad después.

–¿Por qué mi libertad tiene que tener un precio? –inquirió Susannah sin poder evitarlo.

–Porque así es el mundo en el que vivimos, pequeña –esa vez no se encogió de hombros, pero su mirada expresaba lo mismo–. No veo por qué no podemos ayudarnos el uno al otro. Pero, si eso no es posible, no tendré más remedio que usar los recursos que tengo.

Susannah no le preguntó a qué recursos se refería. Sabía que daba igual. Se le ocurriría algo.

–Esto es bueno –murmuró ella tras un instante, cuando estuvo absolutamente segura de que sonaría y parecería completamente controlada–. Me he sentido tentada a olvidar. A creer que eras una víctima. Casi sentí lástima por ti, pero esto lo aclara todo, gracias a Dios. Así recuerdo quién eres.

–¿Tu amado esposo? –preguntó Leonidas con sorna–. ¿Al que has guardado luto con tanta dedicación durante todos estos años?

–No solo eres un Betancur –respondió ella como si fuera un epíteto–. Además eres el peor de todos con diferencia.

Leonidas adquirió entonces una expresión casi cruel, pero Susannah se sintió más intimidada por la sensación de fundido que se apoderó de ella y luego se le asentó en el vientre como un pulso.

Y estaba casi cien por cien segura de que él lo sabía.

–Parece que tenemos un acuerdo –murmuró Leonidas.

Y luego sonrió.

Capítulo 6

UN AGOTADOR mes más tarde, Susannah estaba sentada en la parte de atrás del coche atravesando las mojadas calles de París, deseando que la cabeza dejara de dolerle como si le fuera a estallar en mil pedazos.

No era particularmente optimista. Tenía por delante una larga velada, y habría dado cualquier cosa por saltar del coche, correr a través de las calles de París bajo la lluvia y meterse en la cama bajo la colcha... pero sabía que no era posible. Aquella noche era el baile anual de la Fundación Betancur que en aquella ocasión iba a servir de reintroducción social de Leonidas tras tanto tiempo fuera.

Aquel baile resultaba abrumador siempre, porque estaba plagado de miembros de la familia Betancur con sus habituales dramas e intrigas. Susannah pensó que al menos aquel año no tendría que vérselas con proposiciones de matrimonio mientras tomaba canapés. O eso esperaba.

Leonidas estaba sentado a su lado en la cómoda parte de atrás del coche hablando por teléfono de algún trato empresarial mientras el chófer avanzaba a través del tráfico parisino. Ella iba mirando por la ventanilla mientras París brillaba en la oscura humedad y se alisó el vestido que llevaba puesto. Era una impresionante creación de un verde deslumbrante que le habían presentado los sastres de Milán de Leonidas como un regalo de su marido, cuando ella sabía que no era un regalo en absoluto. Era una orden.

Leonidas no tuvo que decir que no quería que siguiera vistiendo de negro. Que ya no era la viuda Betancur, sino su esposa, y que debería tener un guardarropa que reflejara aquella realidad. Susannah había entendido el mensaje.

Era la primera vez que llevaba un color que no fuera negro, azul marino o gris desde su boda, lo que parecía apropiado para su anticipada presentación como pareja casada cuatro años más tarde de lo planeado.

No era de extrañar que le doliera la cabeza. Aquella farsa la tenía agotada. La dificultad de mantener un pie en el mundo de los Betancur cuando tenía planeado escapar en cuanto pudiera. Sin duda aquello agotaría a cualquiera. Tenía la sensación de que las semanas transcurridas desde que Leonidas y ella hicieron el trato habían pasado muy despacio, cada día más duro en cierto modo que el anterior. Tras tantos años interpretando tan bien el papel de viuda de Betancur, no le habría costado trabajo seguir igual un poco más. Por alguna razón, aquel último mes había sido más difícil que cualquier otro que recordara.

«Es porque sabes que esto es temporal», se dijo ahora mirando la ciudad a través del cristal. «Cuando no había escapatoria, cuando no tenías elección, era más fácil hacer simplemente lo que había que hacer».

Los dolores de cabeza habían empeorado con el paso del tiempo. Lo único que quería hacer era tumbarse y dormir. Aunque se obligara a pasar una larga noche de sueño ininterrumpido, nunca se despertaba descansada. Se sentía en cierto modo débil.

Se había pasado toda la vida entrenando para casarse con un hombre como Leonidas. Y luego entrenando para ser tan despiadada y poderosa como el marido que había perdido. Susannah no sabía qué se sentía haciendo lo que una quería.

Nadie le había preguntado nunca qué quería ella. Y seguramente era mejor así, pensó con sarcasmo, porque no tenía ni idea.

–Pareces agotada otra vez –dijo Leonidas a su lado como si contestara a la pregunta que ella tenía en la cabeza.

Pero sabía que no podía leerle el pensamiento. Y además tampoco querría hacerlo aunque pudiera, porque no compartían ningún tipo de intimidad. Lo cierto era que estaba casada con él, pero Leonidas no era suyo.

Un hombre como Leonidas nunca sería de ninguna mujer.

Susannah no se había dado cuenta de que había terminado la llamada. Se apartó de la ventanilla cubierta de lluvia y trató de componer un gesto de agrado. O al menos de calma.

–No estoy agotada –dijo por educación mientras Leonidas la miraba con aquellos ojos oscuros y taciturnos que estaban ahora demasiado cerca–. Pero cada día me interesa menos el interminable juego de la actuación, eso es todo.

Leonidas alzó una ceja y a Susannah le pareció vislumbrar un brillo en su mirada oscura. Pero cuando habló lo hizo con voz pausada.

–Lamento que mi presencia resulte una carga tan pesada para ti.

A Susannah se le pasó por la cabeza que estaba interpretando un papel exactamente igual que ella, y no supo por qué, pero aquella certeza le provocó una descarga de vergüenza que le recorrió la espina dorsal.

–Sí, gracias. La ironía siempre ayuda mucho. Hace que todo sea más fácil.

–Igual que el sarcasmo.

–Me pediste que te ayudara y accedí –le recordó Susannah con tirantez–. Podría acabar con ese acuerdo en cualquier momento, y si no recuerdas el nombre de tus ayudantes de la oficina de Malasia no es problema mío.

Leonidas no parecía mortificado. Pero nunca lo parecía. Tal vez no recordara a todas las personas que intentaban hablar con él a lo largo del día, pero sin duda parecía acordarse de que él estaba al mando. De todo. A Susannah le irritaba haber permitido que tomara el control sobre ella también, cuando podría haberse marchado sin más.

¿Por qué no lo hizo?

–Permíteme tranquilizarte asegurándote que esta extrema tortura terminará pronto –dijo él.

No tenía sentido seguir discutiendo, y a Susannah le dolía demasiado la cabeza. Así que no contestó. Se limitó a frotarse las sienes.

–Si continúas con esos dolores de cabeza creo que deberías ir al médico –murmuró Leonidas transcurridos unos instantes en aquel tono que hacía que una disculpa pareciera una orden.

Aunque Susannah no podía imaginarse a aquel hombre disculpándose por nada. Nunca.

–No necesito un médico para que me diga que tengo mucho estrés –afirmó con tirantez–. O que necesito un retiro en solitario para recuperarme de ese estrés. Lejos, muy lejos de las intrigas y los dramas de la Corporación Betancur.

Por una vez, Leonidas no respondió en la misma línea. Lo que hizo fue extender la mano y tomarle la suya. Susannah quiso retirarla al instante para no tener que quedarse allí sentada luchando contra la sensación que se apoderaba de ella incluso con un roce tan pequeño.

Como si estuvieran desnudos de nuevo. Como si se cerniera sobre ella y la penetrara profundamente...

Aquello era lo que más le molestaba de aquel tiempo extra con él.

No le odiaba. No estaba disgustada con él ni sentía desinterés. Al contrario, seguía encontrando a su marido absolutamente fascinante. Y cada vez que la tocaba provocaba en ella la misma reacción en cadena. A veces la tomaba del codo cuando caminaban por el pasillo de algún sitio público. A veces la ayudaba a salir del coche con sus fuertes manos. A veces le ponía la mano en la parte baja de la espalda cuando entraban en la sala, como si la guiara por delante. Daba igual lo que hiciera, lo completamente inocuo que fuera el contacto, gestos de educación sin ningún significado.

Pero cada vez que su cuerpo tocaba el suyo, Susannah... se encendía.

Lo sentía primero al nivel de contacto, como un estallido de luz brillante. Luego la atravesaba haciendo que sintiera los senos pesados y encendidos a la vez. Densificándole la sangre en las venas. Y luego todo aquel deseo y la espesa dulzura daban vueltas y vueltas, hundiéndose en ella hasta que se le asentaba en el vientre. Entre las piernas.

Se consolaba a sí misma diciéndose que, pasara lo que pasara, Leonidas no tenía ni idea de lo que provocaba en ella. No podía. Por supuesto que no, porque Susannah se esforzaba mucho en ocultarlo. Y pronto estaría lejos de él y solo ella conocería las verdaderas profundidades de su propia debilidad.

Pero mientras las brillantes luces del centro de París bailaban sobre la inclinada cabeza de Leonidas más allá de las ventanillas del coche, mientras le sostenía la mano entre las suyas, se sintió tan brillante como la vieja ciudad brillando en la lluvia que la rodeaba, y una parte de ella se preguntó si todo aquello era estrictamente sincero.

Tal vez Leonidas lo sabía. Tal vez sabía exactamente qué provocaba en ella, igual que supo perfectamente cómo tocarla cuando estaban en el campamento...

Pero a Susannah le daba igual, porque le estaba clavando los largos y fuertes dedos en la palma.

–¿Qué estás haciendo? –consiguió preguntar.

–Me enseñaron que masajear los puntos de presión alivia los dolores de cabeza –dijo Leonidas con certeza.

Más hacia su mano que hacia ella, pensó Susannah. Distante como un médico. Pero entonces alzó la vista para mirarla con una sonrisa coqueta y a ella se le detuvo el corazón.

Tardó unos segundos en recuperarse lo suficiente para reconocer que tenía razón. Que el dolor de las sienes estaba disminuyendo.

–Está claro que tu familia te enseñó cosas más útiles que a mí la mía –dijo sin pensar–. Mi madre cree en el sufrimiento y se lo dice a todo el que la quiera escuchar.

–Mi padre era un malnacido malvado que disfrutaba con el dolor de los demás –la voz de Leonidas sonaba firme. Cambió una mano por la otra, apretándole la palma y aliviándole el dolor casi al instante al hacerlo–. Particularmente con el mío, como me decía cada vez que me golpeaba brutalmente, algo que hacía con regularidad hasta que cumplí dieciséis años y ya era demasiado fuerte. Entonces cambió a la guerra psicológica. Y a mi madre ya la conoces. El único dolor que Apollonia Betancur sabe aliviar vuelve cada mañana cuando se pasa el efecto de las pastillas de la noche.

Susannah seguía estando muy quieta, y no solo porque todavía la tuviera tomada de la mano, sino por aquel tono subyacente que le hacía saber lo que debió de ser nacer siendo un Betancur. Y no cualquier Betancur, sino el heredero de todo el reino tanto si le gustaba como si no.

Por supuesto que le habían golpeado. ¿De qué otro modo hacía aquella gente las cosas? Susannah ya sabía que eran monstruos. Pero a aquellas alturas también conocía a su marido lo suficiente como para saber que no le gustaría nada que expresara sus simpatías por aquella terrible infancia.

–Me alegro de que me enviaran a un internado cuando era pequeña –murmuró Susannah en tono bajo–. Por muy sola que me sintiera, creo que fue mejor que haber tenido que vivir con ellos.

–Ojalá a mí también me hubieran enviado fuera. Pero ya ves, había muchas expectativas puestas en el «próximo Betancur» y no podrían enseñarme ninguna de ellas a palos si estuviera en otro sitio.

Leonidas ya no sonreía cuando le soltó la mano y Susannah supo que no debía volver a tocarle del modo en que todo su ser anhelaba hacerlo... y no con un pequeño gesto sin importancia. Leonidas parecía excavado en roca, tan inaccesible y distante como una montaña, y ella quería... consolarle en cierto modo. Cuidar de él. Hacer algo para disipar la oscura tenaza que parecía apretarlos a ambos en aquel momento.

Pero no se atrevió a poner un dedo en aquel hombre.

Mantuvo las manos sobre el regazo para resistir la tentación de apretar los puños.

–Ya no me duele la cabeza –le dijo–. Gracias. Da

igual dónde lo hayas aprendido, esto ha sido un milagro.

–Ventajas de vivir en el bosque en una montaña perdida –le dijo transcurrido un instante, cuando Susannah creyó que ya no iba a decirle nada–. Nadie puede ir corriendo a la farmacia más cercana a buscar pastillas cada vez que alguien siente un poco de dolor. Aprendimos otros métodos.

–Estoy asombrada –consiguió decir ella. Era consciente mientras hablaba de que no sonaba tan calmada como debería–. Pensaba que se formaría un gran revuelo si curaras a alguien con algo más que con la fuerza de tu santidad.

Leonidas dejó escapar una pequeña carcajada.

–Seguramente fuera una gran decepción como dios residente –afirmó con sentido del humor. Y respecto a él mismo, nada menos–. Pero como hacen la mayoría de los dioses, opté por no indagar.

Susannah no tuvo que pensar en una respuesta porque el coche se detuvo a la entrada del elegante Hotel Betancur. Tenían que salir del coche y enfrentarse a los paparazzi que los esperaban. Susannah tuvo que armarse de valor para superar la mano de Leonidas en la parte inferior de la espalda después de haber sobrevivido al trayecto en coche. Y encima tenía que dar gracias por ser capaz de permanecer de pie y andar, porque el sonido de la profunda voz de su marido bastaba para hacer que le temblaran las rodillas.

Le daba miedo pensar en las cosas que podía haber dicho, o peor, hecho, si el coche hubiera seguido un poco más.

Y nada de aquello ocurriría porque no se iba a quedar. Y no solo eso, sino que tenía que acelerar su partida, se dijo mientras entraban en el hotel en medio de una ráfaga de flashes y los típicos gritos diciendo sus nombres. El vestíbulo era un abanico de color, dorados, mármol y lujoso ónice, pero lo único que Susannah podía ver con claridad era a Leonidas mientras la guiaba hacia el salón de baile.

Tenía que darse prisa y marcharse antes de que no pudiera. Necesitaba irse antes de hacerse adicta a aquellos pequeños momentos con él y quedarse.

–Tienes un aspecto adecuadamente sombrío ante la perspectiva de pasar una larga noche con mi familia –dijo Leonidas mientras se dirigían hacia la gala sonriendo y saludando con la cabeza a la élite europea.

Susannah dejó escapar una pequeña risotada.

–Puedo arreglármelas con tu familia. La que me crea ansiedad es la mía.

–No recuerdo mucho de nuestra boda –dijo entonces él mirándola de reojo cuando llegaron a las puertas del salón de baile.

Susannah pensaba que podía ver demasiado en aquella mirada, aquel era el problema. Pensaba que había más en aquellos ojos oscuros y dorados de lo que nunca habría.

Y ella no entendía dónde se había metido la calma forzada que había blandido todos aquellos años como una espada. Solo sabía que aquella noche la había abandonado por completo.

–No creo que se trate de pérdida de memoria en este caso –murmuró con voz calmada, aunque no tan calmada como le hubiera gustado–. Creo que eso no te importaba demasiado.

–No me importaba lo más mínimo –reconoció Leonidas.

Y lo que le hubiera molestado a ella, sintió que a él también le carcomía. Y no había razón para que aquello le proporcionara cierto alivio. ¿Qué importaba lo que hubiera sucedido entre ellos? Eso era algo temporal. Tenía que serlo.

–Pero me acuerdo de ti. Y de tu madre.

–Mi madre se jacta de ser inolvidable, pero solo por las razones correctas. Es decir, por ser la gorgona más famosa de Europa.

Su intención era hacer una broma. Pero sus palabras se quedaron suspendidas entre ellos.

La mano de Leonidas en su espalda bajó unos centímetros y luego volvió a subir. Y todo aquel tiempo él tenía la mirada clavada en la suya como si pudiera leer hasta el último de sus pensamientos. Porque por supuesto, él sabía lo que había significado crecer en aquel remoto internado, consciente de que para sus padres no era más que un peón al servicio de sus ambiciones. No tener el sentido de familia que otros tenían. Estar siempre total y absolutamente sola.

«Hasta ahora», le susurró su voz interior al oído.

Leonidas sabía exactamente lo que era eso.

Pero Susannah se recordó con brusquedad que no existía un «ellos». Leonidas no era simplemente un Betancur, era el peor de todos. Era el resultado de la codicia y la ambición cinceladas a lo largo de varias generaciones en sangre aristocrática y con demasiado poder. Si las familias ricas pudieran crear un avatar, Leonidas sería la elección perfecta para representar la suya. Duro, oscuro y completamente letal.

Y ahora había surgido de entre los muertos, como si necesitara añadir algo más a su mística.

Susannah se dijo aquellas cosas una y otra vez hasta que fueron como agua fría en la cara.

Pero eso no cambió el modo en que él la tocaba. Ni el hecho de que el peor de los Betancur, su marido, se las hubiera arreglado para consolarla cuando nadie más podía. O lo había hecho jamás.

O se había molestado en intentarlo.

Leonidas se las había arreglado para consolarla la noche de la gala anual, cuando Susannah estaba acostumbrada a enfrentarse únicamente a sonrisas colmilludas y puñales en la espalda por todas partes. Habría dicho que resultaba imposible.

–¿Preparada, entonces? –le preguntó Leonidas en aquella voz baja que le alteraba el pulso. Y su mirada era peor. La derretía por dentro.

–Preparada –respondió ella con toda la brusquedad que pudo, pero eso no evitó que siguiera derritiéndose. Susannah estaba empezando a creer que nada podría evitarlo. Que estaba condenada desde el momento en que subió aquella montaña en el lejano Idaho y exigió ver a aquel hombre llamado el Conde.

Con el Conde había sido más fácil porque simplemente la besó. La tomó. Hizo lo que quería. Y eso le había permitido a Susannah fingir que en otras circunstancias se habría resistido.

Cuando lo que aquellas semanas le habían enseñado era que no quería resistirse a aquel hombre, se llamara como se llamara.

Leonidas inclinó la cabeza y le ofreció el brazo. Susannah lo tomó. Y por primera vez desde que habían entrado en el banquete de su boda cuatro años atrás, se adentró en un salón de baile brillante y luminoso repleto hasta arriba con la flor y nata de Europa sin ser la rígida y contenida viuda Betancur.

Esa vez era nada más y nada menos que la esposa de Leonidas.

Y él estaba ahí a su lado.

Capítulo 7

QUE SUSANNAH estaba acostumbrada a la puesta en escena de los dramas del clan Betancur le quedó claro a Leonidas al instante... y seguramente al resto de la gala, pensó un poco más tarde cuando estaba cerca de la mesa alta. Permanecía completamente controlada frente a sus payasadas.

Era a él a quien le costaba trabajo volver a ajustarse a la vida del redil.

Solo un reducido grupo de sus parientes se molestaba en hacer algo parecido al trabajo, por supuesto, así que no había visto a muchos de ellos desde que volvió porque estaba centrado en la empresa y en ponerse al día con todo lo que se había perdido. Pero aquel era un baile muy publicitado y lleno de famosos donde todos podían hacer lo que más les gustaba: ponerse ropa buena, intercambiar cotilleos malévolos y continuar con sus devaneos amorosos, normalmente en la cara de sus cónyuges.

Leonidas estaba acostumbrado al desenfreno que sus primos practicaban con tanto placer. Lo recordaba todo al detalle, cuando el comportamiento de sus familiares era algo que le hubiera encantado borrar de su mente por completo.

Los Betancur estaban reunidos como hacían siempre en aquel tipo de actos, malhumorados y al mismo tiempo arrogantes, haciendo que Leonidas deseara poder mandar allí como había hecho en el campamento. Sus primos normalmente hacían lo que él decía porque era malo para sus cuentas bancarias estar a malas con Leonidas, pero solo tras grandes dosis de inútil desafío. Mientras tanto, Apollonia recibía la atención que quería hablando del regreso de entre los muertos de su único hijo cuando le convenía y luego ignorándole por completo cuando le apetecía alternar con los invitados, seguramente en busca de su próximo amante.

Que su madre lo hubiera tenido solo para acceder a la fortuna Betancur no debería ser algo que tuviera el poder de hacerle daño todavía. Lo había superado cuando aún era un niño, o eso creía. Pero aquella noche le dolió de todas formas.

–No le haría ningún daño interpretar un espectáculo decente de devoción maternal –le dijo en voz baja a Susannah en un momento dado.

Y luego se preguntó qué diablos estaba haciendo. Aquella mujer no era su amiga. Ni siquiera era su pareja. Era la esposa que nunca había querido y que resultó que tampoco lo quería a él. También era la única mujer por la que recordaba haber estado nunca obsesionado, pero desde luego no era su confidente.

–Esto no es una actuación, así es la devoción maternal de Apollonia –replicó Susannah con aquella frialdad que Leonidas descubrió que le gustaba demasiado.

Estaba a su lado mientras observaban a su madre reprender a una duquesita, y Leonidas trató de absorber un poco de su despreocupado modo de divertirse.

–El único problema es que está dedicada a sí misma, no a ti.

Aquel era el problema y Leonidas lo sabía. Tal vez hubiera pasado demasiado tiempo en la montaña. Pero no esperaba que le gustara la virgencita con la que su madre había insistido que se casara para honrar el deseo de su padre, que quería recompensar a Martin Forrester por haber convertido tres pequeñas fortunas Betancur en grandes fortunas. Las órdenes de su padre tenían peso incluso desde la tumba.

Pero a Leonidas no se le ocurrió sublevarse. No entonces.

–Además –había dicho Apollonia mientras tomaba el sol en uno de los yates de la familia en la Costa Azul unos años antes de la boda–, eso hará que parezcas más cercano.

–Espero que no –Leonidas estaba leyendo complicados correos de trabajo en el móvil en lugar de prestar atención a su madre, pero en aquellos tiempos todavía aparecía cuando ella le llamaba porque sentía cierta responsabilidad–. ¿Por qué iba yo a querer relacionarme con nadie?

–La mayoría de los hombres de tu posición se casan con actrices esqueléticas o marchitas herederas, todas ellas conocidas por su promiscuidad –le había dicho Apollonia mirándole por encima de las gafas de sol. Si el hecho de que ella fuera una heredera griega con cierta reputación cuando su padre la conoció años atrás le resultaba irónico, no lo demostró–. Esta es la hija de un comerciante, y eso hace que parezcas benevolente y con los pies en la tierra por escogerla, y lo que es mejor todavía, es una virgen garantizada. La gente admirará tu buen juicio por haber elegido a alguien inmaculado, y no te verás obligado a charlar de tonterías con hombres que hayan estado bajo sus faldas.

Lo cierto era que Leonidas no esperaba tener que pasar con ella tiempo en absoluto. El acceso que tenía a los recuerdos del hombre que fue entonces le decía que se había imaginado una especie de trato cómodo con su esposa. Dio por hecho que solucionarían el tema del heredero lo más rápido y poco doloroso posible, que aparecerían juntos en un número pactado de eventos sociales cada temporada y luego se retirarían a la propiedad de los Betancur en la que desearan vivir como quisieran con todos los amantes que les placiera siempre y cuando fueran razonablemente discretos.

Aquel era el mundo en el que ambos habían crecido. La gente organizaba su vida en torno al dinero, no a los sentimientos.

Pero Leonidas descubrió mientras veía a su inmaculada esposa navegar entre los tiburones disfrazados de la *crème de la crème* de Europa, incluida su propia familia, que lo odiaba. Odiaba todo aquello.

La idea de que estuvieran destinados a terminar como la gente que estaba allí aquella noche, llenos de botox y de vacío. La idea de que Susannah fuera uno de ellos, aquella criatura directa de sonrisa fría y ojos lejanos. Incluso la posibilidad de que la mujer que le miraba como si la hubiera curado al otro lado de aquellas puertas esa noche pudiera convertirse en una maestra de la manipulación como su propia madre.

Odiaba aquello.

Leonidas ya no era como aquellos parásitos. Ese era el problema. El campamento le había cambiado tanto si quería creerlo como si no. Y en el fondo sabía que su mujer tampoco era como aquellas personas.

La mayoría de la gente que había conocido utilizaban todo lo que podían como palanca para que Leonidas hiciera algo por ellos. Darles poder, dinero, prestigio, lo que fuera. La gente haría cualquier cosa con tal de acercarse a él.

Susannah era la única persona que había conocido en su vida que no parecía querer nada de él.

Y, para su sorpresa, en lo único que Leonidas podía pensar era en mantenerla cerca, tanto si ella quería quedarse como si no.

–Qué gloriosa resurrección –intervino entonces su primo Silvio apareciendo a su lado y sonriendo para disimular la aspereza de su voz, aunque sin conseguirlo–. Debe de estar encantada de haber recuperado a tu amado esposo, Susannah, después de haberlo llorado tanto durante tanto tiempo.

A juzgar por el tono de su primo y la fría respuesta de Susannah, Leonidas entendió que Silvio había sido uno de los primos que deseaba desesperadamente casarse con ella. Para tomar el control de la Corporación Betancur, por supuesto. Pero había algo más, Leonidas podía verlo ahora escrito en la cara de Silvio. Era por la propia Susannah. Era capaz de obsesionar a cualquier hombre.

Pero el único hombre que la había tocado era él. «Y el único que la tocará», gruñó una voz oscura en su interior. Pero había accedido a dejarla marchar, se recordó. Quien la tocara o dejara de tocarla no era asunto suyo.

Leonidas apartó la atención de Silvio y miró al resto de la familia allí reunida. Las pocas tías que le quedaban se agarraban a las copas de vino que tenían en la mano como si fueran salvavidas y murmuraban unas con otras bajo sonrisas empastadas.

En cuanto a sus primos, Silvio no era el único que merodeaba alrededor de Susannah delante de la cara de Leonidas. Veía el modo en que la miraban. Sabía que todos ellos habrían dado cualquier cosa por ponerle las manos encima si pudieran.

Cuanto más fría se mostraba ella, más la deseaban. El problema era que a él le pasaba lo mismo.

Toda su familia resultaría ridícula si no fuera tan

peligrosa en ocasiones, pensó Leonidas a medida que transcurría la noche. Algunos más que otros, no debía olvidar que al menos uno de los parientes con los que había coincidido aquella noche había planeado el accidente de avioneta.

–¿Estás disfrutando de este rato con la familia? –le preguntó a Susannah durante un respiro en las forzadas interacciones con ellos.

–Ah, ¿son una familia? –preguntó ella con una sonrisa en los azules ojos–. Creía que era un banco de pirañas, así me sentía al menos.

–No he olvidado que uno de ellos quería verme muerto –afirmó él con tono sombrío–. O, mejor dicho, doy por hecho que todos ellos quieren verme muerto, pero solo uno actuó de acuerdo con ese deseo.

Ella ladeó la cabeza sin dejar de sonreír.

–¿Estás seguro de eso? Parece que les gusta formar grupos.

–Eso es verdad –Leonidas inclinó la cabeza hacia sus tías, que seguían cuchicheando–. Pero el trabajo en equipo no es precisamente el punto fuerte de la familia Betancur.

Susannah se rio, algo que a Leonidas le encantó, pero luego se detuvo bruscamente. Siguió su mirada por la estancia y vio a una pareja mayor entrando en el salón de baile. La mujer era alta y delgada, con un gesto despectivo y amargado en la cara, como si hubiera olido algo podrido. El hombre era mucho más grueso y tenía papada. Reconoció a la pareja al instante.

Los padres de Susannah. Sus suegros. Y su mujer parecía tan contenta de verlos como él.

La pareja vio a su hija entre la gente y empezó a avanzar hacia ella cuando la banda empezó a interpretar una especie de intervalo corto. Y, para sorpresa de Leonidas, Susannah le agarró del brazo.

–Debemos bailar, por supuesto –dijo casi como de pasada. Pero Leonidas distinguió el estrés en su mirada.

–¿Yo sé bailar? –preguntó él suavemente mirándola. Susannah seguía mirando a sus padres acercándose como si esperara que la tiraran al suelo allí mismo.

–Por supuesto que sabes bailar –afirmó ella–. Te enseñaron de niño, como a todos los miembros de tu clase social. Y de la mía.

–No lo recuerdo, pero tengo la sensación de que detesto bailar.

–Por suerte para ti, yo recuerdo que te encanta –Susannah le sonrió–. De hecho, lo adoras.

Leonidas no podía concebir aquella idea.

–No me puedo creer que quieras bailar conmigo delante de tanta gente –dijo como si tuvieran todo el tiempo del mundo para aquella conversación. Como si los padres de Susannah no estuvieran ya al lado–. ¿Cómo vas a librarte de este matrimonio si va a haber tantos testigos de nuestro vals romántico en nuestra primera noche en sociedad tras mi regreso?

–Es un sacrificio que estoy dispuesta a hacer –replicó ella con dulzura–. Porque a ti te encanta bailar, y, por supuesto, quiero ayudarte a recuperar la vida que te has perdido durante todo este tiempo.

Leonidas la miró y trató de no fruncir los labios.

–Eres demasiado buena conmigo. Sobre todo teniendo en cuenta que no tienes mucha experiencia con el baile formal. De hecho, podrías hacer el ridículo fácilmente...

Su dulce sonrisa adquirió una expresión algo fría.

–Sé bailar, gracias.

–Es imposible que hayas practicado desde que estabas en el colegio. ¿Y si has olvidado todo lo que aprendiste?

–No sé por qué crees que eres un experto en mi destreza con el baile –dijo Susannah con arrogancia–. Tú no sabes si bailaba día y noche mientras tú estabas fuera.

–¿Toda vestida de negro en honor a mi recuerdo? Lo dudo –Leonidas le sonrió entonces con cierta indolencia, y para su asombro se dio cuenta de que se estaba divirtiendo por primera vez desde que entró en aquel salón de baile y empezó a abrirse camino entre aquellas víboras–. Por lo que yo sé, la única pareja de baile que has tenido fui yo. En nuestra boda.

Leonidas no supo por qué lo dijo de aquel modo, como si estuviera reclamando sus derechos sobre ella. Ni por qué Susannah se tomó aquella afirmación tan en serio. Le miró con solemnidad. Aquella extraña electricidad que casi acaba con él en el coche antes y otra vez en las puertas del salón de baile volvió a atravesarle ahora. Le hizo pensar que si no la tocaba en aquel momento iba a estallar.

Pero se las arregló para mantener las manos quietas.

–He dicho que a ti te encanta bailar –murmuró ella tras un instante. Y la sonrisa que le dirigió entonces no era falsa ni educada. Era real. Irónica, burlona y real–. Yo no he dicho que a mí me gustara, solo que sé cómo hacerlo. Ya sabes cómo es esto. Una única mala experiencia puede estropearlo todo y entonces te quedas con una aversión para toda la vida.

–Supongo que seguimos hablando del baile, ¿no? –preguntó Leonidas en voz baja.

Entonces ella se rio y Leonidas no pudo evitarlo. Se dijo que estaba haciéndolo por ella, pero en el fondo tenía la sensación de que lo hacía por él.

La tomó de la mano y la llevó al medio de la abarrotada pista de baile, ignorando a las parejas que se apartaban para dejarles paso tanto para mostrarles consideración como para poder verlos de cerca, eso ya lo sabía. Pero le daba lo mismo. Igual que le daba lo mismo que Susannah se le abrazara no porque estaba loca de deseo como él, o no solo por eso, sino porque quería evitar una conversación desagradable con sus propios padres.

Susannah hacía aquello solo porque era más fácil. Leonidas lo entendía. Era una manera de ocultarse allí mismo a la vista de todos, en medio de la pista de baile, como si fueran un cuento de hadas hecho realidad. El Lázaro Betancur y su encantadora esposa por fin juntos. Eso proporcionaba la maldita visión que a ella tanto le gustaba, y en una forma lo más perfecta posible.

Pero, cuando Leonidas la estrechó entre sus brazos e inclinó la cabeza para mirarla a los ojos antes de empezar a moverse, nada de todo aquello importó.

En aquel momento solo estaba la música. La música y la mujer que tenía entre los brazos, el suave crujido de su precioso vestido verde y aquellos ojos azules como el cielo de verano. Solo estaba Susannah y el modo en que le miraba, tal y como hizo aquel día en el campamento cuando estaba tan dentro de ella que ya no le importó ni cuál era su nombre.

Era demasiado.

Estaba acostumbrado a despertarse en mitad de la noche con sueños salvajes de los deliciosos y apasionados momentos que habían pasado en el campamento. En aquellos sueños, Susannah le tocaba miles de veces y le permitía tomarse su tiempo con ella una y otra vez hasta que alcanzaba el éxtasis como había hecho entonces.

Y Leonidas se despertaba cada vez y se veía solo.

Se había acostumbrado a controlar su deseo lo mejor que podía, con la mano en la ducha y la ferocidad de su autocontrol durante todas las horas que pasaban juntos cada día. Pero ahora tenía el aroma de su piel grabado en él. El sonido que hacían las piernas de Susannah cuando las cruzaba. La dulzura de su respiración en el cuello cuando se inclinaba a susurrarle algo durante alguna reunión.

Eso era algo más. Eso era sostenerla contra su cuerpo como si la abrazara, y aunque fuera de un modo formal y allí delante de todo el mundo, eso era lo que sentía.

La clase de abrazo que Leonidas no quería que terminara. Nunca.

Y aunque sus alarmas internas se dispararon, algo a lo que Leonidas estaba acostumbrado, no fue capaz de apartarse como sabía que tenía que hacer. No hizo lo que debía. La verdad era que temía haber perdido la cordura mucho tiempo atrás y que la única persona que intentó salvarle del campamento, de sí mismo y del muro que le separaba de sus recuerdos era Susannah. Y luego se rindió a él y no era capaz de olvidarlo.

Susannah le había entregado un regalo y, sin embargo, Leonidas sentía como si ella fuera su dueña. Y aunque resultara extraño, no le importaba sentir aquello a pesar de saber que todo su ser tendría que haberse rebelado.

No encontró las palabras para decirle eso. No estaba seguro de poder haberle dicho nada ni aunque pudiera. Así que se limitó a bailar.

Bailaron y bailaron. Leonidas la llevó de un lado de la pista de baile al otro y vuelta otra vez. Que recordara cómo bailar o no era insustancial, porque su cuerpo sí que sabía sin lugar a dudas qué hacer mientras la sostenía entre sus brazos. Y lo hacía bien.

Y mientras tanto la agarraba contra su pecho como si fuera algo precioso. Como si lo fuera todo.

Como si fuera suya.

–Susannah... –dijo en voz baja con tono de urgencia.

Pero entonces surgió algo en su mirada. Algo más que calor azulado y deseo. Susannah tragó saliva y él observó cómo la emoción le cruzaba el rostro antes de que le temblaran los labios.

Tenía una expresión desgraciada.

Y Leonidas era tan malvado que no pudo evitar abrazarla más fuerte.

–Lo prometiste –susurró Susannah con voz temblorosa–. Prometiste que esto era solo temporal.

–Susannah –repitió él con una intensidad en el tono de voz que ni él mismo reconoció–. Debes saber...

–Necesito que esto termine –le interrumpió ella.

Su voz fue como un golpe, y Leonidas no entendió cómo pudo hablar con tanta suavidad cuando parecía que la había abofeteado con fuerza en la cara.

Se dijo a sí mismo que estaba agradecido.

Las cosas que veía en sus ojos no eran para él. Era un Betancur. El peor de todos, según Susannah. El rey de las víboras, y nada podría cambiar aquello. Ni siquiera su supuesta muerte y su resurrección.

Ni tampoco ella.

–Por supuesto –afirmó él con tirantez y tono cortante–. Solo tienes que decirlo.

–Leonidas... –susurró Susannah entonces con los ojos cargados de una nueva emoción que él no quiso ver. La sintió en el modo en que le clavaba los dedos en el hombro–. Leonidas, tienes que entender...

–No tengo que entender nada –respondió él haciendo un esfuerzo para volverse de piedra. De granito. De algo impenetrable incluso para una mujer así, que seguía oliendo a inocencia y todavía le miraba como si fuera realmente un dios después de todo–. Teníamos un trato. Incluso el peor de los Betancur es capaz de cumplir su palabra, te lo aseguro.

Ella se estremeció.

–No quería decir eso.

–Creo que los dos sabemos que sí. Cada palabra.

Leonidas dejó de moverse y la apretó contra su pecho como si estuviera cambiando el baile en otra cosa, justo allí bajo las enormes lámparas de araña donde todo el mundo podía verlos.

–Soy todo lo que piensas de mí y todavía peor, pequeña. Sería capaz de comerte viva y disfrutar cada bocado. Huir de mí y de la cloaca de mi negocio y mi familia es lo mejor que puedes hacer.

–Leonidas, por favor...

–Has sido mi viuda durante cuatro años –continuó él con una ferocidad pausada que le marcó por dentro–. Lo único que necesito es unas cuantas horas más. ¿Puedes hacerlo?

Susannah parecía indefensa y entonces Leonidas supo quién era él. Aunque tampoco antes le cabía ninguna duda. Porque le gustaba.

–Por supuesto. Y no tiene que terminar justo esta noche. Solo tiene que terminar.

Leonidas no hizo nada para contenerse entonces. La llamada salvaje de su interior. La oscuridad que temía que fuera letal. La necesidad y el ansia y todas las cosas que quería hacer con ella, todo cubierto por aquel envoltorio que no quería dejarla ir. Que quería más.

Sabía exactamente lo que quería aquella noche.

–Será esta noche –gruñó sin dejar de sostenerla demasiado cerca de sí mismo–. O no será nunca. La decisión es tuya. Pero una vez que la tomes no habrá vuelta atrás. No soy un hombre indulgente. ¿Me has entendido?

Vio cómo se le dilataban las pupilas. Vio cómo se le aceleraba el pulso en el cuello y un leve sonrojo le cubría la piel.

Pero Susannah no dijo nada. Parecía que supiera que era mejor así, que entendiera perfectamente lo que sucedería si lo hacía.

Así que se limitó a asentir una vez con la cabeza con la mirada clavada en la suya como si no se atreviera a apartarla.

Y sin decir otra palabra más, Leonidas se dio la vuelta y la sacó de la pista de baile como el caballero que ya no era, ya no.

Antes de cargársela al hombro y llevársela a su guarida del modo que deseaba hacer más que nada en el mundo.

Y tal vez aún lo hiciera, se dijo pensativo.

La noche era joven.

Capítulo 8

SUSANNAH se había olvidado de sus padres. Lo cierto era que Leonidas la había tomado entre sus brazos y se olvidó de todo. Del baile que los rodeaba. Del hecho de que no estaban en absoluto solos. De que había rivales de negocios sonrientes y periodistas curiosos por todas partes, con la traición de la familia de Leonidas y la inevitable aparición de sus propios padres para empeorar todavía más las cosas.

Todo había desaparecido.

No había nada aparte de Leonidas. La música sonaba entre ellos y entre ellos surgieron cosas dulces y terribles provocando que fuera muy difícil respirar.

Susannah solo se había sentido así una vez antes, y fue mucho más silencioso en comparación. Lo que no dejaba de pensar era que estaba convencida de que Leonidas lo sabía.

El día de su boda era un auténtico manojo de sensaciones confusas. Todavía tenía grandes y expectantes esperanzas, por supuesto, por muchos fríos sermones que le hubieran soltado sus padres para prepararla. Pero Leonidas las había destrozado una a una. Susannah temblaba cuando avanzaba por el pasillo hacia el altar, pero la fría mirada que él le dedicó cuando se levantó el velo no le tranquilizó en absoluto los nervios. Y cuando le dio un beso en los labios frente al altar no fue más que un sello de confirmación. Como si estuviera marcando una de sus posesiones de menos valor. Las cosas que le dijo en el coche, llamándola niña, le dolieron. Y su total falta de interés por ella en su propio banquete de boda, demasiado ocupado como estaba hablando con sus socios, hirió sus sentimientos más de lo que nunca llegaría a admitir.

Una chica lista se habría protegido después de aquellas claras indicaciones de que no le importaba nada a aquel hombre, y ella lo intentó. Susannah lo intentó de verdad, pero era muy joven. Muy inexperta.

Pero entonces tuvo lugar el baile. Aquel único baile. Cuando Leonidas la tomó entre sus brazos y la miró con un gesto algo contenido y al mismo tiempo rígido que parecía concordar con el fuego salvaje que ardía dentro de ella. No había nada más en el mundo que la sensación de sus fuertes brazos rodeándola y la facilidad con la que se movía con ella por la pista de baile, como si le diera un anticipo de lo que sería su vida. Con él controlándolo todo y ella cautiva de su modo de actuar y de sus decisiones.

Susannah no debería recordarlo como lo hacía, de un modo tan vívido y hasta el último y doloroso detalle. Y desde luego no debería haberlo repetido en su cabeza una y otra vez durante todos aquellos años. Aquel baile le había hecho preguntarse sobre él, el hombre que había perdido de modo tan repentino. La hacía preguntarse qué habría sucedido entre ellos si hubieran tenido una noche de bodas real. Si no se hubiera subido a aquella avioneta. Ahora lo sabía.

Y el baile de esa noche hizo que le doliera el corazón otra vez del mismo modo, aunque por razones distintas. Porque ahora sabía demasiado. Lo conocía y se conocía a sí misma, y sabía que por muy precario que pareciera todo cuando estaba entre sus brazos o las ganas que tenía de seguir ahí, tenía que irse.

O no lo haría nunca.

Todavía estaba intentando entender aquel clamor que sentía en su interior cuando Leonidas la sacó de la pista de baile. Todavía tenía la mano enredada en la suya, todo aquel fuego que la hacía arder, y supo que tenía que retirar la mano y apartarse de su marido.

En aquel momento.

Antes de pasar más tiempo sintiendo lo perfectamente que encajaba su mano en la suya y cómo la envolvía su calor.

Pero antes de que pudiera hacer lo correcto, se metieron entre la gente y las primeras personas a las que Susannah vio fueron sus padres.

Sus padres, que no habían apoyado la transformación de Susannah de peón sumiso a viuda poderosa porque ya no podían controlarla por mucho que lo odiaran. La urgieron a que se volviera a casar lo más pronto posible, a poder ser con un hombre que ellos eligieran, y no les gustó que contestara que ya había sido suficiente con un matrimonio de conveniencia, muchas gracias.

Y les gustó menos todavía que dejara de responder a sus llamadas.

–Eres una hija desagradecida –le espetó su padre unos meses atrás cuando se negó a asistir a una fiesta que iban a celebrar en la que querían utilizar su presencia para impresionar a unos socios. Susannah fue tan tonta que dejó que su asistente le pasara la llamada–. No estarías donde estás si no fuera por mí.

–Si te hubiera escuchado me habría casado con el viejo tío de Leonidas tres años atrás, cuando me lo pidió –respondió ella, contenta de que hubiera todo un continente europeo que separaba su casa de la de sus padres en Londres–. Puedo vivir con las consecuencias de la decisión que tomé.

La conversación se acabó ahí.

Pero las invitaciones al baile de los Betancur estaban muy valoradas en todo el mundo, y no hubo manera de quitar a sus padres de la lista. Lo que Susannah no se podía creer era que se le hubiera olvidado que iban a ir aquella noche.

«Estás tan obsesionada con Leonidas que ya no sabes ni cómo te llamas», se acusó en silencio. Y sabía que era verdad.

Aquella era una razón más por la que debía poner distancia entre ellos.

Leonidas se detuvo frente a sus padres y Susannah no supo si era porque los había reconocido o sencillamente porque se habían atrevido a bloquearle el paso.

–Recuerdas a mis padres, por supuesto –dijo en su beneficio.

Pensó que tal vez Leonidas tuviera suerte por haber olvidado tantas cosas. A ella le hubiera gustado olvidar a sus propios padres. Sobre todo en una noche como aquella, cuando sabía que habían acudido allí con la intención de ponerla en su sitio. Allí en público, donde era poco probable que montara una escena o que respondiera siquiera con aspereza.

Leonidas inclinó la cabeza, pero no dijo nada cuando Susannah le pasó un brazo por el suyo. Sintió cómo la miraba de reojo con sus oscuros ojos, pero siguió sin decir nada, así que se le pegó más como si pretendiera utilizarlo como escudo humano.

–Tu marido ha resucitado de entre los muertos –dijo su madre con frialdad en lugar de dignarse a ofrecer un saludo convencional a su hija o al hombre a cuyo funeral había asistido–. Creo que lo razonable hubiera sido que nos llamaras, Susannah. ¿O tu intención era que tus únicos parientes se enteraran de la noticia a través de la prensa como todo el mundo?

–Lo que mi madre quiere decir, Leonidas –dijo Susannah con la vista clavada en la otra mujer–, es «bienvenido a casa».

Leonidas siguió sin decir nada. Tampoco dio ninguna indicación de que su relación hubiera acabado de manera efectiva unos momentos atrás en la pista de baile.

Se limitó a sonreír como hacía a veces, como si le estuviera ofreciendo un gran regalo a la persona que recibía la sonrisa, y luego estrechó la mano de su madre. Los dos hombres iniciaron una de aquellas aburridas conversaciones masculinas que parecían tratar de negocios y en realidad eran una competición de egos, así que Susannah no tuvo más remedio que mirar a su madre.

Pero seguía agarrada del brazo de Leonidas.

–Imagina mi sorpresa al descubrir que la prensa sabía más de la vida de mi hija que yo –continuó Annemieke.

–Teniendo en cuenta que papá y tú me estabais exhortando a que me volviera a casar hace solo unos meses, no pensé que fueras la mejor persona para contarle esto.

Annemieke resopló.

–Durante todo este tiempo sabías que estaba vivo y nos engañaste. A todos. Eres una criatura sibilina.

Alzó la voz al decirlo porque, por supuesto, aquello era para los oídos de Leonidas. Y algo espinoso atravesó a Susannah. Porque su madre no sabía que tenía pensado dejar a aquel hombre que acababa de regresar a su lado. Su madre no tenía ni idea de cómo era su relación. Aunque creyera que Susannah había pasado años sabiendo que Leonidas estaba vivo y fingiendo otra cosa, quedaba claro que no habían estado juntos. ¿Cómo iba a ser así si el mundo creía que él estaba muerto y Susannah estaba demasiado ocupada actuando como rostro visible de la Corporación Betancur?

Lo que significaba que su madre estaba intentando deliberadamente humillar a Susannah delante de su marido. Quería demonizarla ante sus ojos.

«Por supuesto», dijo con sequedad su voz interior antes de que hiciera su aparición su parte triste, la que siempre confiaba en que sus padres actuarían como padres a pesar de todos los años que llevaban sin hacerlo. «Esto se trata de poder. Todo lo que tiene que ver con estas personas está siempre relacionado con el poder».

Susannah había tenido cuatro años de ello y ya estaba harta. Más que harta. Podía sentir su aversión hacia los juegos de aquellas personas como un peso en el pecho. Pero se negaba a darle a su madre la satisfacción de ver que había acertado con el golpe.

–No me siento bien últimamente –dijo con la mayor calma posible antes de que su madre pudiera volver a la carga con nuevos insultos–. Tengo unas jaquecas terribles. Supongo que es posible que la emoción del regreso de Leonidas me haya afectado más de lo que pensé.

Leonidas se acercó a su lado, haciéndole saber que estaba prestando atención a su conversación igual que a la suya. Susannah se arrepintió al instante de haber utilizado la palabra «emoción» y lamentó que él la hubiera oído. Y odiaba estar apoyándose en él. Había batallado con situaciones mucho más intensas sola durante años. No necesitaba el apoyo de nadie.

Pero antes de que pudiera poner algo de distancia entre ellos, como debería haber hecho, Leonidas se giró y le puso la mano en la parte baja de la espalda, como si estuvieran muy unidos.

Susannah sintió de pronto miedo a las emociones que se apoderaron de ella, parecían capaces de arrastrarla si se dejaba llevar por una sola de ellas.

Tenía que parar aquello. Necesitaba escapar de aquel mundo malévolo y brillante mientras todavía pudiera.

Y tenía que hacerlo pronto, antes de olvidar dónde estaba la salida.

Algo le decía que la línea se acercaba más deprisa de lo que le hubiera gustado reconocer, y si no tenía cuidado la cruzaría sin darse cuenta.

–La resurrección es un asunto complejo –le dijo Leonidas a su madre.

–Supongo que sí –respondió Annemieke aspirando el aire con gesto despectivo–. Aunque Susannah nunca ha sido una chica delicada de las que se desmayan.

–Ahora es cuando me llama «robusta». Y no es ningún piropo –murmuró Susannah en voz no excesivamente baja.

Annemieke miró a su hija de arriba abajo con aquel gesto juzgador que siempre dejaba a Susannah sintiéndose inferior.

Se recordó que no pasaba tiempo con sus padres con razón. Después de aquella noche pasarían meses antes de que tuviera que volver a ponerse delante de ellos, y para entonces quién sabía dónde estaría ella. Si se divorciaba de Leonidas como tenía previsto, era muy probable que sus padres no quisieran volver a saber nada de ella.

Si mantenía aquel día futuro y feliz en mente, la noche no sería tan mala. Y no tenía sentido dejarse llevar por la parte de ella que se quedaba un poco paralizada ante la idea de dejar a Leonidas cuando podía sentir todo aquel calor y su fuerza en la mano que le sostenía la espalda. Ningún sentido.

Forzó una sonrisa.

–Solo es algún dolor de cabeza de vez en cuando –dijo–. Seguramente debería beber más agua.

–Yo solo tuve dolores de cabeza una vez, y fue muy desagradable –su madre alzó una ceja y miró a su hija a los ojos–. Fue cuando estaba embarazada.

Susannah no supo si la conversación siguió después de aquello porque todo se paró. Leonidas se quedó muy quieto a su lado. No movió la mano, y de pronto ella sintió que no era tanto un apoyo moral, sino una amenaza. Una amenaza terrible a la que debería haber prestado atención desde el principio.

Una oscura premonición que quiso rechazar se apoderó de ella. Pero no fue capaz de hablar, ni siquiera para negar lo que sabía que era completamente falso.

Sobre todo porque sentía el poder letal que emanaba el hombre que tenía al lado. El marido que había aceptado dejarla marchar. Pero era un Betancur. No había habido ni un solo Betancur en seis generaciones que no se implicara en el linaje familiar, y dudaba mucho de que Leonidas fuera a ser el primero.

Aunque no estaba embarazada, por supuesto. No podía estarlo.

–Yo no soy como mi madre –le dijo con vehemencia cuando Leonidas se disculpó con un gruñido y se la llevó de allí–. Nunca lo he sido. Ni siquiera nos parecemos. Es absurdo pensar que podamos compartir algo.

Leonidas no dejó de moverse entre la gente, inexorable y tenso, digiriéndola hacia las puertas de la fiesta, que estaba en pleno auge.

–Todo el mundo tiene dolores de cabeza, Leonidas

–murmuró Susannah apretando los dientes–. No hay necesidad de saltar a conclusiones dramáticas. Lo mismo podría ser un tumor cerebral que un embarazo.

Pero Leonidas se limitó a lanzarle una mirada de reojo que la hizo estremecerse. No respondió, solo sacó el móvil del bolsillo con la mano libre y pulsó una tecla. Luego se lo puso al oído y siguió andando. Arrastrándola con él tanto si ella quería como si no. Y después de aquello todo pareció transcurrir a gran velocidad, como si estuviera viendo su propia vida catapultándose al vacío.

Leonidas la sacó de allí sin que al parecer le importara mucho que supuestamente tendrían que estar allí toda la gala. Ni siquiera se molestó en despedirse de su familia con alguna excusa. Subieron a la parte de atrás del coche y se dirigieron al apartamento que él tenía cerca de los Campos Elíseos sin cruzar una sola palabra en todo el trayecto.

Y lo peor de todo fue que cuando llegaron al lujoso piso había un médico esperando en el vestíbulo.

–Esto es absurdo –le espetó Susannah olvidando todo intento de mantener la calma.

–Entonces no te costará nada hacer esto por mí –replicó Leonidas con la misma mirada fría.

Susannah contuvo un escalofrío.

–No puedo estar embarazada –aseguró.

–Si estás tan segura, menos razón todavía para negarte.

Susannah se dio cuenta de que Leonidas se había vuelto de piedra. No había posibilidad de negociar. Aquel era el Leonidas de las órdenes escuetas y el poder absoluto, no el hombre que le había sostenido la espalda y tomado la mano. Susannah no entendía cómo podía tener dentro a ambos tipos de hombre, pero estaba claro que no podía ser los dos al mismo tiempo.

Y supo que se había rendido a lo inevitable, se le debió de notar en la cara. Porque el médico sonrió a modo de disculpa y salió del aposento para hacerle la prueba.

Y, más sorprendente aún, ella lo siguió.

Susannah se había tranquilizado cuando volvió a ver a Leonidas, que la esperaba en su salón privado, lleno de antigüedades de gran valor y pruebas en cada rincón de la riqueza de los Betancur. Pero ella apenas podía prestar atención a ese tipo de cosas porque la vida se le escapaba entre las manos delante de ella.

Leonidas estaba frente a la chimenea y miraba las llamas con el ceño fruncido. No se dio la vuelta cuando la oyó entrar.

–Te vas a sentir ridículo –le dijo ella. Apretando los dientes. Y optó por no fijarse en lo absurdamente atractivo que estaba sin abrigo ni corbata, con la camisa desabrochada al cuello de modo que se le veían las cicatrices–. Esto es vergonzoso. Ese médico venderá la historia a todos los periódicos de Europa.

–No estoy avergonzado en absoluto –replicó él todavía sin mirarla–. Y si el buen doctor se atreve a hacer algo así lo destruiré.

Susannah se sintió algo mareada por el tono templado que había utilizado, o tal vez por la inconfundible ferocidad que se escondía detrás. En cualquier caso, avanzó unos pasos más y se agarró al respaldo del primer sofá que encontró. Se dijo que no era para conservar el equilibrio, porque no estaba sucediendo nada que pudiera afectarla como para tropezar. Porque no estaba embarazada.

–No estoy embarazada, Leonidas –dijo por enésima vez, como si intentara encontrar el tono adecuado para conseguir que él la escuchara.

Leonidas se giró entonces y la miró de un modo que la hizo estremecerse de la cabeza a los pies.

–Estás muy segura, pequeña –dijo transcurrido un instante–. Pero sé contar.

Susannah se sonrojó al escuchar aquello, como si esa vez la hubiera abofeteado. Se sentía febril, caliente y luego fría. Y se agarraba con tanta fuerza al sofá que vio cómo los nudillos se le ponían blancos en protesta. Quería quitarse el maldito anillo de zafiro de los Betancur del dedo y tirárselo a la cara. Quería escapar escaleras abajo, salir a las calles de París y seguir corriendo hasta que le fallaran las piernas.

Y mientras Leonidas la miraba con ojos penetrantes, Susannah contó. Del modo en que no lo había hecho cuando iba hacia allí porque era imposible y se negó. Pero ahora lo hizo.

Siete semanas desde aquella noche en el campamento y no había tenido la regla en todo aquel tiempo. De hecho, no recordaba cuándo fue la última vez que la tuvo. Desde luego no fue en los diez días antes de salir hacia Idaho para buscarle, porque recordaría haber tenido que lidiar con eso mientras.

–Nunca pensé que esto podría ser un problema –dijo tras un instante, consciente de que sonaba más como su madre que como ella misma. Seca y acusadora, y aquello era solo el comienzo. No quería ni imaginarse la expresión de su rostro, y se preguntó si no sería más parecida a su madre de lo que nunca creyó posible–. Y estoy segura de que no lo será. Pero ¿por qué no te aseguraste de que algo así fuera imposible?

–¿Viste algún preservativo en aquel campamento, Susannah? Porque yo no. Tal vez di por hecho que tú llevarías un control de natalidad.

–Me cuesta trabajo creerlo. Yo era la virgen de la escena, no tú.

–Y yo era un hombre santo que llevaba cuatro años en la cima de una montaña. ¿Cómo iba a saber yo de qué modo pasabas el tiempo ahí fuera?

–Mira quién fue a hablar. Según yo tenía entendido, toda la gracia de convertirse en líder de una secta era poder degustar el buffet de atractivas seguidoras.

Leonidas sonrió, y dadas las circunstancias, aquello fue lo que más asustó a Susannah.

–¿No he mencionado que fui completamente casto todo ese tiempo? –Leonidas sonrió todavía más, pero el gesto no le llegó a los ojos–. Casto y sin ningún otro interés durante cuatro años. Te he sido completamente fiel durante todo nuestro matrimonio, Susannah. Como tú a mí. Sin duda es algo para celebrar.

Pero Susannah podría jurar que escuchó una puerta de acero cerrándose de golpe cuando lo dijo.

–Fue un accidente –dijo ella en un susurro apenas audible–. No significó nada. Solo fue un accidente.

Si tenía pensado contestar con algo más que con aquella expresión enigmática, Susannah nunca lo sabría. Porque fue entonces cuando llamaron discretamente a la puerta y el médico entró en el salón.

–Enhorabuena, *madame*, *monsieur* –dijo el hombre mientras Susannah contenía el aliento–. La prueba ha dado positivo. Está usted embarazada.

Esa vez fue Susannah la que se quedó de piedra.

No había otra palabra para describirlo. Un instante atrás estaba allí de pie, indignada, furiosa y convencida de que todo era un error, y justo después se encontraba allí de pie entumecida, rechazando la noción directamente. Físicamente.

No podía estar embarazada.

Sin embargo, deslizó una mano por el vientre por si acaso.

Apenas se dio cuenta de que Leonidas acompañaba al médico a la puerta. Cuando volvió cerró la puerta tras de sí y se quedaron solos en el salón que antes parecía espacioso. Entonces fue cuando Susannah rodeó el sofá y se sentó.

Leonidas se acercó a la chimenea y volvió a quedarse allí, mirándola. El silencio se alargó entre ellos.

Susannah se dio cuenta de que la mirada oscura y leonada había cambiado. Como si se hubiera fundido. Se mantenía erguido, pero también notó la diferencia en su postura. Era como si una corriente eléctrica le atravesara ahora, llenando el aire de carga a pesar de mantener la boca firme en una línea.

Y la miraba como si estuviera desnuda. Sin manera de ocultarse.

–¿Tan malo es? –preguntó en un tono pausado que Susannah no se tragó.

Seguía sosteniéndose el vientre como si el niño pudiera empezar a dar patadas en cualquier momento.

–La familia Betancur es una jaula –le dijo sin atreverse a levantar la vista del todo para mirarle de frente–. No quiero vivir en una jaula. Debe de haber otras opciones.

–¿Qué quieres decir con eso? –le preguntó él. Y esa vez había algo en la gravedad de su tono que le puso la piel de gallina.

Por todo el cuerpo.

–No tengo ni idea –respondió. Ella misma se escuchó rota.

El pánico era tan intenso en su interior que le sorprendió poder respirar, y mucho menos hablar. Diferentes escenarios cruzaban por su cabeza, cada uno más estrafalario que el otro. Podría vivir en el extranjero, en un país lejos de allí, sola con su hijo. Siempre y cuando no supieran quiénes eran o cómo encontrarlos, podrían vivir en cualquier lado. Podría criar un hijo en algún valle montañoso protegido y trabajar en una granja... quizás en Idaho, donde al parecer resultaba muy fácil desaparecer en los bosques durante años.

Podría trasladarse a alguno de los muchos países que no conocía y trabajar en alguna oficina anónima, criar a su hijo como madre soltera.

–¿Ninguna idea?

Leonidas la observó de un modo que no ayudó a que la piel de gallina desapareciera. Susannah se frotó los brazos y deseó poder detener aquel escalofrío que la recorría por dentro.

Sacudió la cabeza y se dio cuenta de que se le habían llenado los ojos de lágrimas.

–He sido un peón en los juegos de los Betancur durante cuatro años, y eso es demasiado tiempo. No quiero seguir siéndolo durante el resto de mi vida. Y, desde luego, no quiero educar a un hijo como me educaron a mí. O peor, como te educaron a ti. Esto es una prisión y, si yo no quiero vivir en ella, sin duda mi hijo se merece también algo mejor.

Susannah observó que algo cambiaba otra vez dentro de Leonidas, como si se suavizara sin moverse. No terminaba de entenderlo. Como si algo se hubiera soltado.

Al observar su sutil transformación, se le pasó por la cabeza que tal vez no había entendido a qué se refería con «opciones».

Igual que pensó que no se le había pasado en ningún momento por la cabeza no tener a su hijo. No había buscado quedarse embarazada, pero el médico le había dicho que lo estaba y en lo único en lo que pensaba era en escapar de los Betancur con su hijo.

Supuso que aquello respondía a la pregunta que no sabía que tenía dentro. Que ya era mejor madre que la suya, quien se había pasado unas inolvidables Navidades regalándole los oídos con la historia de lo cerca que había estado de poner fin a su embarazo porque no tenía ninguna gana de ser madre. Susannah tenía entonces doce años.

–Debes saber que nunca quise que te fueras desde un principio –le dijo Leonidas ahora, devolviéndola al momento presente y a la mirada furtiva que le estaba lanzando desde la chimenea.

La idea tendría que haberle disgustado, pero encontró que había algo pequeño y brillante dentro de ella y que resplandecía.

–Me planteé la posibilidad porque te lo debía. Viniste a esa montaña y me devolviste a mí mismo. Me dije que lo menos que podía hacer era cumplir tu deseo. Pero, Susannah, debes saber que ahora no existe esa posibilidad.

Casi parecía lamentarlo, pero Susannah no se dejaba engañar. Podía ver el brillo de posesión masculina en sus ojos.

–También podrías cerrar la puerta de la jaula y tirar la llave –consiguió decir ella a pesar del nudo que tenía en la garganta.

–Yo no soy una jaula –afirmó Leonidas con certeza–. El apellido Betancur tiene sus desventajas, eso está claro, y la mayoría de ellas se encontraban esta noche en la gala. Pero no es una jaula. Al contrario, poseo una parte suficiente del mundo que ahora es a todos los efectos tuya. Literalmente.

–Yo no quiero el mundo –Susannah no fue consciente de que se había puesto de pie de un salto hasta que se vio avanzando hacia él–. Entiendo que estés acostumbrado a mandar sobre todo lo que ves, pero yo me ocupé de tu empresa, de tu familia y de todo este caos muy bien cuando tú no estabas. No te necesito. No quiero estar contigo.

–Entonces, ¿por qué te tomaste tantas molestias para encontrarme? –inquirió él–. Nadie más me estaba buscando. Nadie se paró a considerar por un segundo que podría no estar muerto. Solo tú. ¿Por qué?

Susannah no entendió muy bien lo que sintió cuando le miró. Sentía una pesadez en el pecho, como si hubiera estado corriendo, y tenía los puños apretados. Tenía muchas cosas dentro en aquel momento. Estaba el hecho de encontrarse atrapada en aquel matrimonio, en aquella familia y en aquella vida de la que quería escapar desde que se vio en ella. Y por encima de eso estaba la asombrosa realidad de la situación: que llevaba una vida dentro. Que había encontrado a su marido en la cima de una montaña y había hecho algo más que salvarle: habían creado una vida juntos.

–No lo sé –murmuró en voz baja con tono áspero–. No me creía que la avioneta pudiera haber caído así. Nunca pensé que se tratara de un accidente Y cuanto más reflexionaba sobre ello, menos pensaba que estuvieras muerto.

–Pero no me necesitas. No quieres estar conmigo.

No era una pregunta. La estaba retando. Leonidas se movió entonces. Se apartó de la chimenea y avanzó hacia ella, provocando que Susannah temblara de la cabeza a los pies.

Y siguió avanzando directamente hasta que estuvo casi encima de ella y Susannah se vio obligada a echar la cabeza hacia atrás para mirarle a los ojos.

–No –susurró–. No quiero estar contigo. Quiero ser libre.

Leonidas le tomó el rostro entre las manos y se lo

sostuvo con fuerza. Así de cerca, sus ojos eran como una tormenta, y sintió los relámpagos por todas partes.

Por dentro y por fuera.

–Esto es lo más cerca que vas a estar, pequeña –le dijo.

Y luego le reclamó la boca con la suya.

Capítulo 9

CUANDO Susannah respondió a su beso y movió el cuerpo de modo que pudiera presionarlo contra el suyo y hundirle las manos en el pecho, algo dentro de Leonidas se suavizó.

Y algo más ardió con más fuerza que antes.

La besó una y otra vez. Leonidas le hundió los dedos en el sedoso cabello dorado y se lo dejó caer sobre los hombros sin dejar de reclamarle la boca, poseyéndola y marcándola como podía.

Era suya. «Suya».

Y estaba cansado de mantener el control con aquella mujer. Con su esposa.

No se iba a ir a ninguna parte. Nunca.

Estaba embarazada. Su preciosa Susannah tenía dentro a su hijo, el hijo que habían hecho juntos cuando ella le entregó su inocencia en aquel campamento en el que Leonidas no sabía ni su propio nombre hasta que la saboreó.

Leonidas sintió una oleada triunfal. Quería gritar su salvaje alegría desde los tejados de París al mundo entero.

Y aquella mujer a la que no tenía intención de perder de vista jamás era un milagro. Su milagro. Era su esposa y estaba esperando un hijo suyo.

Nada volvería a ser nunca lo mismo.

Leonidas le devoró la boca, y, cuando los dulces gemidos de Susannah empezaron a sonar como acusaciones, hambrientos contra su boca, la apretó contra sí y la depositó en la gruesa alfombra que había extendida ante la chimenea del salón. Las llamas crepitaban, y la tumbó frente a aquel fuego como si fuera una especie de ofrenda, decidido a tomarse su tiempo esa vez.

Esa vez se tomaría su tiempo para aprendérsela. La mujer que había consentido en ser su mano derecha todas aquellas semanas, cuando podría fácilmente haberle dejado abandonado a su destino. La mujer que no solo era la esposa que había esperado vestida de negro años después de su muerte, sino que además era la madre de su hijo.

El hijo que no crecería como lo hizo él con un padre cruel y una madre egoísta. No lo permitiría.

Pero primero quería dejar su huella impresa en Susannah. Quería que sintiera su sabor cuando se humedeciera los labios. Quería que sintiera como si estuviera dentro de ella aunque no fuera así.

Leonidas se tomó su tiempo. Se colocó encima de ella, tocándola, saboreándola y disfrutando de ella desde su deliciosa boca hasta el delicado arco del pie. Y vuelta a empezar. Le quitó el impresionante vestido de noche que se había empeñado en que llevara, con aquel verde brillante tan impropio de la viuda Betancur que esperaba que la prensa rosa no hablara de otra cosa por la mañana.

Pero ahora estaba deseando quitárselo.

La desnudó de modo que pudo sentir toda su gloria, todas aquellas sensuales curvas con las que había soñado miles de veces desde aquel día en Idaho. Le cubrió los senos con las palmas y luego los lamió con la lengua. Se entretuvo en su vientre, que todavía estaba plano, aunque le pareció notar que empezaba a asomar un montículo.

Se colocó entre sus piernas y se inclinó para saborearla completamente. Aquella dulce crema y su aroma femenino se le subieron directamente a la cabeza. Y Leonidas no hizo absolutamente nada para impedir la embriaguez.

La llevó a un inesperado y trémulo estremecimiento con la boca. Y, cuando ella le llamó por su nombre con la voz quebrada, Leonidas colocó toda su virilidad en el centro de su cuerpo.

Al fin.

Y finalmente se hundió en ella hasta el fondo, gozando del pequeño chillido que ella soltó cuando la poseyó por completo.

Leonidas esperó a que se adaptara a él agitando las caderas y sonrojándose por todo el cuerpo.

Y cuando él se movió fue con la certeza de que Susannah le había dado lo que más deseaba en este mundo sin saberlo. Una vez más.

Sus parientes lo rodeaban por todas partes. Sus primos, su madre. Más Betancur de los que alguien podría esperar. Formaban parte de la vida que Leonidas deseaba no haber recordado nunca, pero no podía escapar de ellos. Estaban por todas partes.

Así había sido durante toda su vida. Su madre la peor de todos. Exigente, mentirosa y sin comportarse nunca como una madre de verdad. Dejó de esperar nada bueno de ello y dejó de preguntarse por qué se sentía siempre tan vacío.

Sabía por qué. Así era como le habían criado. Así era como su familia quería que fuera, una criatura áspera que no sentía nada.

Pero Susannah les odiaba a todos tanto como él. No quería saber nada de su familia ni de lo que pudiera sacar de su proximidad con los Betancur. Si vio el vacío dentro de él, no se escapó. Al contrario, era la única persona que conocía que lo trataba como si no fuera diferente de los demás.

Y le había dado una familia.

«Una familia». Leonidas haría todo lo que estuviera en su mano para asegurarse de no perder nunca lo que era suyo.

Se hizo a sí mismo una promesa, allí, en el suelo de su apartamento de París, la noche del baile de los Betancur en la que, una vez más, Susannah le había regalado el mundo.

Y él no haría menos por ella, tanto si quería como si no.

Y entonces se hundió en su cuerpo, haciéndola gritar una y otra vez hasta que finalmente perdió la paciencia. La sostuvo entre sus brazos y deslizó la mano entre ellos para ayudarla a volar una última vez.

Y Leonidas la siguió, gritando su nombre mientras caía.

Después Susannah se acurrucó contra él y Leonidas la levantó, llevándola por la casa hasta la habitación en la que no pensaba dejar que siguiera estando sola como tenía planeado cuando llegaron. Pero aquel no era el momento de discutir. Encontró una camiseta de manga larga grande y unos pantalones de pijama y la vistió rápidamente. Susannah torció el gesto, pero luego se hizo un ovillo en la cama de la última habitación de invitados que ocuparía.

Y cuando se durmió lo hizo de golpe.

Con suerte se quedaría así hasta que llegaran a la isla. Donde Leonidas tenía la intención de mantenerla hasta que no se imaginara otro escenario posible en el que no estuviera él, porque resultaba inaceptable.

Se quedó allí de pie y la observó dormir durante un instante, consciente de que el corazón le latía con fuerza. Susannah era suya, y no tenía ningún reparo en usar trucos sucios para que se quedara a su lado y pensara que era la mejor idea del mundo.

Debería preocuparle tener el tipo de pensamientos que ocuparían al Conde, pero no fue así. La verdad era que el Leonidas Betancur que había subido a aquella avioneta y el hombre al que sacaron a rastras envuelvo en ceniza no eran muy diferentes. Ninguno de ellos creía en nada más aparte de en sí mismo. El Conde tenía una versión de moralidad, pero todo giraba en torno al hecho de que se consideraba el centro de todo.

Susannah también había cambiado aquello. Había hecho que se preocupara por ella. Eso tendría que irritarle, y en cierto sentido era así, pero por encima de todo estaba la innegable noción de que su lugar estaba con él y que lo demás no podía ni cuestionarse.

Y menos ahora que estaba esperando un hijo suyo.

Era el principio y el final de todo, y Leonidas estaría encantado de pelearse con ella al respecto en su isla privada favorita, donde Susannah podría gritar todo lo que quisiera al mar, porque no podría hacer nada para ser rescatada. Si era sincero, casi estaba deseando ver qué haría cuando se diera cuenta de que estaba allí atrapada con él.

Leonidas sonrió y luego le colocó un mechón de cabello dorado detrás de la oreja antes de salir al pasillo.

Luego llamó al personal de su avión y organizó metódicamente el secuestro de su esposa.

Susannah se despertó de golpe cuando el avión tocó tierra y no tenía ni idea de dónde estaba.

Sabía que era uno de los jets de los Betancur, pero tardó unos instantes en reconocer el compartimento en el que estaba. Se agarró a un lado de la cama cuando el avión aterrizó, frunciendo el ceño mientras trataba de entender que al parecer se había dormido durante todo el vuelo a algún sitio desconocido.

París resonaba en su memoria. Y la visita del médico. La confirmación del embarazo.

Y lo que había sucedido después de aquel anuncio allí frente al fuego.

Pero todo lo que seguía estaba borroso. Tenía el vago recuerdo de un coche moviéndose por la ciudad en la oscuridad, ella con la cabeza apoyada en el hombro de Leonidas. Y luego la sensación de que la levantaban en brazos.

Podría haber pensado que la habían drogado, pero se había sentido de aquel modo con anterioridad, y más de una vez las últimas semanas. Aquel poderoso agotamiento. La buena noticia era que ahora sabía que era el embarazo y no algo que necesitara atención médica.

Cuando el avión se detuvo completamente, Susannah se quedó donde estaba durante un instante y luego se levantó de la cama, sorprendida de que ningún ayudante de cabina o su marido hubieran ido a buscarla.

Salió al pasillo y parpadeó bajo la luz que procedía de las ventanillas de las zonas comunes del avión. Eso le indicaba dos cosas: que alguien había bajado las persianas de su compartimento y que, estuvieran donde estuvieran, era de día.

Y cuando miró por las ventanillas vio el mar.

Se acercó a la parte delantera del avión y salió a la parte superior de las escalerillas del jet. Parpadeó al recibir la suave luz y luego miró a su alrededor, dándose cuenta de que estaba en una pequeña pista de aterrizaje en una isla rocosa. En todas direcciones veía olivos plateados, sólidas colinas cubiertas de verde y el mar asomando en la distancia por todas partes, azul y gris a la vez.

Y Leonidas esperaba a los pies de la escalerilla apoyado en un todoterreno de color verde.

Fue entonces cuando Susannah se dio cuenta de lo que llevaba puesto. La camiseta de manga larga con la que había dormido y unos pantalones de yoga muy sueltos. Y solo había una manera de que hubiera terminado con aquello puesto, pensó, ya que no recordaba haberse vestido ella. Tuvo que ser Leonidas.

Los pies de Susannah empezaron a moverse sin su permiso, llevándola escaleras abajo. Podía sentir la mirada de Leonidas todo el rato clavada en ella. Llegó hasta abajo y luego cruzó hasta detenerse delante de él.

–¿Dónde estamos? –le preguntó sin más preámbulos.

–En Grecia –respondió Leonidas–. Bueno, más o menos.

–¿Qué estamos haciendo en Grecia?

Leonidas subió un poco el labio superior, pero hubo algo en aquella sonrisa que no la hizo sentirse cómoda. No cruzó los brazos ni se apartó del coche en el que estaba apoyado. Susannah tuvo un mal presentimiento.

–En cierto sentido estamos en Grecia porque yo soy griego –afirmó él con un tono indiferente que solo sirvió para empeorar las cosas. Susannah sintió un escalofrío en la columna vertebral–. Mi madre es griega, en cualquier caso. Esta isla ha pertenecido a mi familia durante generaciones. Hay muy poco personal de servicio, y la mayoría son familiares. Lo menciono porque creo que eres muy aventurera y no me gustaría que te frustraras innecesariamente intentando escapar en vano.

Ella parpadeó.

–¿De qué estás hablando?

–No voy a insultarte dándote una lista de normas, Susannah. Esa es la belleza de las islas como esta. No hay escapatoria. Aquí no llegan los ferris. El avión se marchará esta noche y tú no viajarás en él, y hay un helicóptero que vuela a mis órdenes. ¿Entiendes lo que te estoy diciendo?

–Quiero pensar que sigo dormida –afirmó ella con tirantez– y que esto es una terrible pesadilla.

–Pues estás completamente despierta.

–Entonces no lo entiendo –consiguió decir Susannah–. Suena como si me tuvieras prisionera.

–Yo prefiero pensar que es una oportunidad para que abraces la realidad de tu vida –Leonidas inclinó la cabeza–. Una oportunidad para pasar un tiempo aceptando las cosas como son y soltando lo que no puede ser.

–Eso me suena sospechosamente a secta.

–Si quieres llamarlo así, adelante –Leonidas alzó los hombros en un gesto arrogante–. Te animo a recordar que yo no era el seguidor de ninguna secta, era el líder –sonrió–. Puedo ser muy persuasivo.

–Tienes que llevarme de regreso a la civilización –le espetó ella, porque aquella sonrisa la encendió por dentro y no tenía claro a quién de los dos odiaba más en aquel momento–. Inmediatamente.

Leonidas sacudió la cabeza casi como si sintiera lástima por ella.

–Me temo que no voy a hacer nada de eso.

Y entonces fue como si todo lo que había ocurrido y todo lo que había visto desde que salió del avión en los bosques de Idaho cayera sobre ella. El campamento tras la empinada subida. La verja, las cámaras, el arma apuntándole y las amenazas. Por no mencionar lo que había sucedido dentro con su marido largo tiempo desaparecido.

Luego llegó la tormenta de la prensa cuando se

marcharon y después Leonidas regresó al mundo que le creía muerto. Y aquellas semanas de cercanía, siempre exquisitamente educada y con cuidado de no tocar demasiado, como si no estuviera preparada para pasar demasiado tiempo con el hombre al que quería dejar. El baile de los Betancur. Sus primos y su madre, y luego todavía peor, los padres de Susannah.

Y aquel baile en medio del resto como un anticipo agridulce de una vida con la que solo había soñado pero nunca había visto. Nunca existió y nunca existiría, y el hecho de que hubiera descubierto que estaba embarazada y luego se hubiera lanzado sobre él como un animal salvaje no cambiaba nada.

Quería quedarse con su bebé. Lo que no quería era un bebé Betancur y el circo que acompañaba a aquello. No quería estar con Leonidas.

Porque no podría tenerlo, no como ella quería, y seguir ahí solo suponía retrasar lo inevitable. ¿Por qué no se daba él cuenta?

–Te dije que no quería vivir en una prisión –afirmó Susannah cuando reunió fuerzas para volver a hablar. No le importó no mostrar su habitual serenidad. No le importó que Leonidas la viera derrumbarse delante de él–. Te dije que nuestro matrimonio era como una jaula para mí. Tu apellido es la llave de la cerradura. Te lo dije. ¿Y tu respuesta es hacer las maletas mientras estoy dormida y llevarme a una isla?

Leonidas se apartó finalmente del todoterreno con toda su altura y se cernió sobre ella mirándola con aquella expresión pétrea que siempre olvidaba que era su auténtica naturaleza. La había visto cuando era el Conde. Y la noche anterior en París. Durante aquellas últimas siete semanas aparecieron algunos destellos de un tipo de hombre distinto, pero ahora entendía que solo eran flashes, nada más.

Aquel era el auténtico Leonidas Betancur. Cruel y despiadado. El hombre con el que se había casado. El hombre al que le había entregado su inocencia y con el que había concebido un hijo.

Y solo podía culparse a sí misma porque Leonidas nunca había ocultado quién era. Era un Betancur y siempre lo había sido.

–Yo soy tu jaula –le dijo con tono suave–. El matrimonio, el apellido Betancur, todo eso es ruido. La única prisión de la que tienes que preocuparte soy yo, Susannah. Y te retendré para siempre.

Susannah quería gritar y llorar, golpearle para hacerle entrar en razón. Pero se limitó a aspirar con fuerza el aire y estiró los hombros.

–Si con eso pretendías que me sintiera mejor no lo has conseguido.

–Estás esperando un hijo mío –Leonidas la miró fijamente a los ojos con intensidad–. No sé qué clase de hombre crees que soy, pero yo no entrego lo que es mío.

Susannah dio un paso hacia delante y le puso un dedo en el pecho en un gesto osado.

–Yo no soy tuya.

Leonidas le envolvió la mano con la suya en el pecho, pero no le apartó el dedo.

–No voy a debatir eso contigo, mi pequeña virgen. Pero eso no cambia que yo haya sido el único que te ha tenido.

–Era la viuda de uno de los hombres más famosos del mundo –Susannah tiró de la mano, pero él no se la soltó–. No podía entrar en una discoteca y llevarme a alguien a la cama.

–¿Crees que lo hubieras hecho si hubieses sido una viuda menos famosa?

Susannah frunció el ceño al escuchar su tono burlón.

–Me habría librado de mi virginidad antes de que terminara tu funeral si hubiera podido. Encantada.

Leonidas se limitó a reírse.

–No te creo –esa vez, cuando Susannah tiró de la mano se la soltó–. Pero no vayas a creer ni por un segundo que te dejaré marcharte con mi hijo. No te engañes a ti misma.

–No puedes retenerme aquí –su voz no sonaba natural. Supuso que era porque se sentía paralizada y rígida.

O al menos eso creía que sentía. Cuanto más tiempo pasaba con aquel hombre, menos parecía saber. Porque una perversa parte de ella casi se alegraba de que no la dejara marcharse de su vida.

–Sí que puedo –respondió Leonidas con calma.

–Tendrás que pasarte todas las horas comprobando que estoy encerrada si quieres que me quede aquí –le advirtió ella–. ¿Es eso lo que quieres?

–Pronto descubrirás que no necesitaré gastar ninguna energía –afirmó él–. La geografía se ocupará de eso. Después de todo, esto es una isla rodeada de mar –se encogió de hombros–. Lo único que tengo que hacer es esperar.

Capítulo 10

SUSANNAH no le habló durante una semana. Durante aquel tiempo exploró cada centímetro de la isla. Tenía acceso a uno de los vehículos del garaje si quería, pero solo se podía recorrer ida y vuelta la misma polvorienta carretera que llevaba de un extremo de la isla al otro, unos veinticinco kilómetros. Había un muelle, pero no vio ningún barco amarrado a él o cerca de las playas.

Nada con lo que cruzar el Mar Jónico en caso de que Susannah hubiera sabido navegar.

Había olivos por todas partes que crecían de forma salvaje. Había playas más rocosas que arenosas. Era una isla recia, sin ningún pueblo a la vista y con solo un pequeño grupo de casas arremolinadas alrededor de una de las calas. La poca gente que vivía en la isla trabajaba para la casa grande, que se extendía en lo alto del punto más alto de la isla, serpenteando en un batiburrillo de patios y ventanas que dejaban entrar la brisa del mar.

A Susannah le habría encantado la belleza salvaje y algo cruda del lugar si no hubiera tenido tantas ganas de escapar.

–No puedes seguir así para siempre –le dijo Leonidas una semana después de su condena a prisión.

Ella había entrado en la bien surtida biblioteca de la villa sin darse cuenta de que Leonidas estaba dentro. Normalmente trabajaba en el despacho que estaba situado a un extremo de la casa, lo que suponía que por lo general conseguía evitarle.

Leonidas estaba arrellanado en una de las cómodas butacas con los pies encima de la mesita que había delante y una taza de café. Tenía el ordenador portátil abierto en el ancho reposabrazos de la butaca, pero no estaba mirando la pantalla, sino observando a Susannah con ojos entre indulgentes y burlones.

–¿Por qué iba a querer hablar contigo? –le preguntó ella sin disimular el desprecio ni el desafío en el tono de voz–. ¿Qué crees que tengo que decirle a mi carcelero?

Leonidas se encogió de hombros.

–Ya te dije que puedes ser todo lo obstinada que quieras, Susannah. No servirá de nada.

–Sé que crees que puedes agotarme –le espetó ella–. Pero no tienes ni idea de con quién estás tratando. Nunca has conocido realmente a la viuda de Betancur.

Leonidas se rio entonces y se pasó la mano por el pelo, recordándole a su pesar lo mucho que le gustaba hacer eso ella misma.

–No tengo miedo de mi propia viuda, pequeña.

Y Susannah no supo por qué el modo en que lo dijo, con la mirada clavada en ella aunque no se levantó de la butaca, resonó en ella como una promesa.

–Pues deberías –contestó con frialdad agarrando el libro y dirigiéndose a la puerta de nuevo–. Y lo tendrás.

Aquella noche, mientras se preparaba para otra de aquellas largas y peligrosas noches en las que trataba de no pensar durante el día, Susannah tuvo miedo de que acabara finalmente por agotarla. Ya estaba a medio camino de conseguirlo.

Porque Leonidas era incansable.

No discutía con ella. Si la veía durante el día apenas le dirigía la palabra. De hecho, con frecuencia le ofrecía una sonrisa, nada más, y la dejaba ahí mientras él se ocupaba de dirigir la Corporación Betancur desde la distancia. El personal servía la comida en la villa solo en momentos específicos, por lo que no podía evitarle si quería comer, pero si no le hablaba él no hacía nada al respecto. Solo sonreía y comía como si disfrutara inmensamente de su propia compañía.

Peor todavía, como si ya supiera cómo terminaría aquello.

Susannah se preparaba todas las noches para acostarse en la cama con dosel de la suite de invitados. Y cada noche intentaba mantenerse despierta, pero nunca lo conseguía. Se dormía y a veces soñaba con que unos brazos fuertes la levantaban. Y que la llevaban por toda la villa con solo la luz de la luna que se colaba por los patios abiertos iluminando el camino. Pero los sueños nunca la despertaban.

Y cada mañana se despertaba en la cama de Leonidas, porque no habían sido sueños.

No solo en la misma cama, que también era enorme como la que nunca había utilizado en Roma, sino además acurrucada contra él como si quisiera formar parte de su ser.

Daba igual lo que se hubiera dicho a sí misma la noche anterior. Daban igual las promesas que se hiciera. Cada mañana era lo mismo. Se despertaba sintiéndose descansada, calentita y a salvo, y gradualmente se iba dando cuenta de que estaba pegada a Leonidas.

Y cada mañana salía corriendo en cuanto se despertaba. Y él la dejaba marchar con una risa arrogante que la seguía mientras se iba.

Era una especie de guerra pérfida, y a él se le daba muy bien.

Aquella noche, Susannah se sentó al borde de la cama de la habitación en la que tenía intención de seguir durmiendo, pero se estaba quedando sin fuelle. Y, peor todavía, se estaba empezando a cansar de su propia resistencia.

A Leonidas parecía no afectarle que lo ignorara. Le daba igual que saliera corriendo o que le diera una mala contestación. Era como una montaña, inamovible e impasible, y Susannah llevaba demasiado tiempo dándose contra ella.

Mientras tanto, Leonidas se limitaba a sonreír y a seguir con sus asuntos. ¿Qué sentido tenía todo? Susannah se acercó a las puertas del balcón de su cuarto y las abrió. Aquella noche estaba demasiado oscuro para ver el mar, pero podía escucharlo rompiendo abajo contra la rocosa orilla. Siempre le habían gustado las olas. Siempre había admirado el inexorable empuje del mar. Pero aquella noche sintió mucha más empatía hacia la orilla. Maltratada una y otra vez por una fuerza cruel e inflexible tanto si quería como si no.

Dejó que el aire frío de la noche la acariciara, refrescándola desde la planta de los pies hasta el cabello que ondeaba sobre los hombros. Se rodeó el vientre con los brazos, sintiendo maravillada los cambios que se iban produciendo en su cuerpo día a día. Estaba un poco más redonda, un poco distinta a pesar de todos sus esfuerzos por fingir que nada de aquello estaba pasando.

Como si su cuerpo hubiera tomado partido mucho tiempo atrás.

Se giró hacia la habitación y se detuvo en seco al darse cuenta de algo. Leonidas tenía razón. Iba a ganar.

Aquella noche se durmió casi antes de apoyar la cabeza en la almohada como le pasaba siempre, pero cuando sintió los fuertes brazos de Leonidas rodeándola y llevándola por los oscuros pasillos hizo un esfuerzo por despertar. Por estar alerta de cada paso. Y cuando la depositó en la ancha cama esperó a que se acostara a su lado y luego se apoyó en un codo y lo miró.

–Por fin se ha despertado la Bella Durmiente –dijo él en voz baja–. Según dicen, ahora es cuando empieza el problema.

No había luz en el dormitorio, solo las ascuas de la chimenea apagándose. Susannah lo agradeció. En la casi total oscuridad no había necesidad de preocuparse por la expresión que tuviera. No había necesidad de ocultarse si Leonidas no podía verla. Así que se olvidó de sus máscaras por un momento y se permitió maravillarse por la falta de las de Leonidas.

En la oscuridad parecía cercano. No suave, porque nunca podría serlo, pero todas sus líneas duras parecían en cierto modo menos afiladas. Y aunque sabía que las cicatrices estaban ahí, estampadas en su cuerpo, tampoco podía verlas.

Era como si las sombras los hicieran nuevos a los dos.

–Si no querías problemas –susurró ella–, tendrías que haberme dejado marchar.

–En algún momento tendrás que encarar el hecho de que realmente no quieres irte, Susannah –dijo Leonidas con apenas un hilo de voz en la oscuridad–. Si no, ¿por qué te tomaste tantas molestias en encontrarme?

–Pensé que era lo que tú habrías querido –dijo antes de pensárselo.

Pero entonces supo la verdad. Con las palabras ahí

entre ellos, tan obvias una vez expresadas. Era lo que ella habría querido si su avión se hubiera estrellado. Habría querido que alguien averiguara lo que pasó, y, si las repuestas no tuvieran sentido, que indagara más. Que enviaran detectives. Que alguien se hubiera negado a rendirse hasta que saliera la verdad.

Habría querido que alguien se preocupara por ella. Por una vez.

–Siempre consigo lo que quiero –dijo Leonidas con tono sombrío–. Antes o después.

Susannah había pasado demasiado tiempo pensando en aquello. Sus paseos entre los olivos, las tardes en el acantilado mirando el mar. O cuando se sentaba en la piscina climatizada cerca de la casa y se calentaba al sol. Estaba tan furiosa que no quería ver lo que había detrás, porque la rabia parecía ser un destino en sí misma.

La isla la había ralentizado. La hizo pensar aunque no quisiera. Y le había dado una nueva determinación.

–¿Siempre? –Susannah salvó el espacio que los separaba y trazó la línea de aquella boca seria con los dedos–. Sé que eso es lo que te dices a ti mismo. Pero creo que los dos sabemos que no siempre consigues lo que quieres. Vi el campamento, ¿recuerdas? Sé cómo vivías allí. Y lo rápido que querías marcharte de allí.

–A la larga –dijo Leonidas, pero había un cierto tono irritado en su voz. Agarró la mano de Susannah cuando la iba a retirar de la boca y no la soltó–. Siempre consigo lo que quiero a la larga.

Y eso era lo que había ocurrido cuatro años atrás. Primero el shock y luego una especie de tristeza que se apoderó de ella, pero enseguida se repuso y empezó a tomar las riendas.

Era lo que hacía siempre.

Y lo haría ahora también. Y, si una parte de ella estaba de duelo por el hombre que la había sostenido entre sus brazos cuando bailaban en la gala, no pasaba nada. Aquello había sido solo una fantasía, después de todo. Un cuento de hadas. Esto era descarnado. Allí había un bebé que ella no había planeado y una vida complicada con un marido con un apellido que ella conocía muy bien.

Tuvo una boda de cuento de hadas con un hombre que un instante después aplastó sus tontos sueños. Vivió la viudedad fingiendo llorar a un hombre al que apenas conocía y a un amor que nunca existió excepto en su cabeza. Fue en busca de un desconocido que no la reconoció cuando la vio y recuperó al marido que apenas conocía con un beso. Y perdió la virginidad. Luego pasó siete semanas fingiendo ser una esposa devota y una socia empresarial mientras dormía sola en una solitaria habitación de invitados.

Pero nunca había hecho *aquello*.

Nunca había sido su esposa en palabra y obra, solo sobre el papel. Y decidió que estaba cansada de castigarse a sí misma. Estaba cansada de esconderse. Y sobre todo estaba cansada de pelear guerras que ni siquiera estaba segura de querer ganar.

Si Leonidas podía hacer exactamente lo que quería, secuestrarla y confinarla en aquella isla solo para dejar claro su punto de vista, no había razón para que ella no pudiera hacer también lo que quisiera.

Y había llegado el momento de dejar de fingir que no le gustaba porque no era cierto. Leonidas era una llama y ella una especie de polilla desesperada, pero no había necesidad de machacarse cuando podía elegir sencillamente posarse. Y quemarse si así lo deseaba.

–A la larga puede ser algo muy lejano –le dijo con

tono suave. Se acercó más a él y enredó las piernas en las suyas–. Si es que sucede.

Leonidas dejó escapar una carcajada que era más una advertencia que otra cosa.

–Te tendré comiendo de mi mano antes de lo que te puedes imaginar –le prometió con un tono algo áspero–. Es inevitable, pequeña.

–No puedes tenerme –afirmó ella con sequedad–. Así es como funciona, ¿no lo entiendes? Cuando retienes algo en contra de su voluntad puedes agarrarte a ello pero nunca será tuyo.

Entonces se inclinó un poco más hacia delante porque era lo que quería hacer. Porque podía actuar como quisiera, como hacía él siempre. Porque se sentía fascinada por él y su corazón se volvía loco cuando lo tenía cerca, así que decidió aceptarlo.

Quemarse por propia voluntad en su llama letal una y otra vez hasta que se cansara de ella, de aquel juego y de todo lo demás. Como Susannah sabía que haría.

Se acercó un poco más y se apretó contra él en la oscuridad. Luego selló su destino del único modo que sabía.

Con un beso.

Capítulo 11

PARECE que tu jaula se va haciendo más cómoda cada día –dijo Leonidas con un gruñido guardando el móvil en el bolsillo mientras salía a la piscina del patio–. Casi parece que estás disfrutando.

Susannah alzó la vista desde donde estaba sentada bajo el sol, protegiéndose de la fresca brisa con un largo chal que cubría el sencillo vestido que llevaba puesto. Llevaba el rubio cabello recogido en un moño informal y tenía un aspecto descuidado y al mismo tiempo elegante como siempre.

Leonidas pensaba que no podía desearla más. Lo pensaba cada día. Cada noche.

Y entonces ella hacía algo imperdonable, como sentarse al sol en un frío día de invierno para leer un libro con las gafas de sol y los pies descalzos. ¿Qué defensa podía tener él frente a algo así?

–Cómoda o no, una jaula sigue siendo una jaula –respondió ella casi con alegría. Como siempre hacía. Como si todo fuera una broma tanto si él lo supiera como si no.

Nada de aquello era asunto de risa.

La rabia que Leonidas había sentido con la última llamada no desapareció, pero la visión de su mujer la alteró en cierto modo. Le recordaba que aunque hubieran actuado contra él, ella entró en escena y le salvó.

Le recordaba que lo importante era ella. Susannah y el hijo que esperaba. Nada más.

Y algún día encontraría la manera de devolverle aquella luz bailarina que había atisbado en ella brevemente de vez en cuando. Normalmente cuando estaban desnudos. La haría feliz. Leonidas siempre triunfaba en lo que hacía. Y triunfaría con aquello también.

Susannah quería mantener una parte de sí misma separada, y él no podía aceptarlo... pero podía esperar. Se dijo a sí mismo que podía esperarla, agotarla... por mucho que cada vez le costara más.

Todo había cambiado.

Susannah lo besó aquella noche y volvió a cambiar su mundo, y en su mayor parte le gustaba.

Le gustaba que hubiera terminado la farsa de las camas separadas. Ella había parado aquel absurdo teatro de irse cada noche a la habitación de invitados y ahora ocupaba su dormitorio con él. Había dejado de tratarle con frialdad y rabia.

Y se había entregado a él con aquel fuego dulce y aquella hambre salvaje que podría haberle hecho sentir humillado si lo hubiera permitido.

–Soy tu marido y tú mi mujer –le dijo aquella primera noche tras haberla dejado exhausta. La llevó al inmenso cuarto de baño y la colocó en la enorme bañera situada frente a un ventanal en forma de arco con vistas al Mar Jónico–. No tengo intención de ser la clase de marido que tiene que escabullirse por un frío pasillo cuando desea la compañía de su esposa. No creo en las camas separadas. No creo en nada que se interponga entre tú y yo, ni siquiera un maldito camisón –la miró mientras ella se deslizaba en el agua caliente–. Espero que por fin estemos de acuerdo en esto.

–No creo que tengas claro lo que piensas del matrimonio –respondió Susannah con aspecto saciado y adormilado mientras le miraba como si estuviera dispuesta a probar otro bocado de él.

Leonidas se metió en la bañera con ella y atrajo su espalda contra su pecho.

–Solo has estado casado con una persona en tu vida y yo recuerdo más de esos años que tú –concluyó.

–Mi intención es que los dos recordemos esta parte de nuestro matrimonio –le murmuró Leonidas al oído–. Vívidamente.

Y después de eso no hubo nada que discutir. Ya no siguió pensando en ello. Cuando las cosas se ponían un poco tensas, él la agarraba y expresaba sus sentimientos sobre cualquier desacuerdo menor que pudieran tener en su delicioso cuerpo. Le enseñaba el poco espacio que quería que hubiera entre ellos. Una y otra vez.

Susannah había pasado siete semanas rellenando los huecos de su memoria. Ahora, tras haber visto a sus padres, Leonidas quiso encargarse de llenar los que ella pudiera tener en su vida debido a las cosas que obviamente no le habían dado. Como cuidados de todo tipo. Atendía sus dolores de cabeza. Se aseguraba de que comiera. Cuidaba de ella.

Nunca había cuidado de nadie en su vida, no directamente. Pero de Susannah sí.

Y le enseñó que había sido una tontería imaginarse que una tarde robada en un campamento lejano significaba que tuviera la menor idea de lo que era el sexo. Porque había muchas maneras de disfrutar uno del otro.

Y resultaba que Leonidas las conocía todas.

Susannah aprendió a tomarle con la boca y hacerle

gemir. Aprendió a colocarse encima de él cuando estaba sentado y a montarle a horcajadas para poder hacerse con el control y llevarlos a los dos al éxtasis.

A veces, cuando estaban tumbados exhaustos sin poder apenas respirar, Leonidas le ponía la mano en el vientre y se permitía imaginar cosas que nunca pensó que desearía. Y menos tanto.

–Hace mucho que no tienes dolor de cabeza –le dijo aquel día acercándose a la tumbona en la que Susannah estaba sentada.

Ella dejó el libro a un lado y lo miró. Luego se puso las gafas en lo alto de la cabeza y entornó los ojos para mirarle.

–¿Qué ocurre?

Leonidas no quería contestar a aquello. Ni reconocer que pudiera ver en él con tanta claridad.

–Tal vez lo peor ya haya pasado –dijo en cambio.

Susannah se puso de pie y se arrebujó en el chal, inclinando levemente la cabeza hacia un lado mientras le observaba.

–No estás bien –le dijo con dulzura–, ¿verdad?

–¿Y a ti qué más te da? –le salió así de brusco. Así de revelador. Pero no fue capaz de detenerse–. Como no dejas de repetirme, como tanto te esfuerzas en demostrarme, nunca podré tenerte. ¿Qué más te da que esté bien o mal?

Susannah no contestó. No hizo nada durante un instante, se quedó donde estaba y lo observó durante largo rato. Y luego se limitó a levantar la mano y a ponérsela en la mandíbula.

Un gesto pequeño. Sin importancia, quiso decir.

Pero significó un mundo para él.

–Tienes esto, Leonidas –le dijo en voz baja–. Y tal vez sea suficiente.

No tendría que haberlo percibido como una tormenta. No debería haberle afectado como lo hizo, de forma profunda y salvaje, arrasando con todo.

Pero ya pensaría en ello más tarde. Se recuperaría luego.

Intentaría reconstruir todas las cosas que Susannah había roto en aquel momento.

Si podía.

En aquel momento tomó lo que ella le estaba ofreciendo.

–Es mi madre –dijo con un gruñido tratando de controlar la rabia. Porque tenía miedo de que debajo de todo aquello estuviera el dolor y la tristeza de aquel niño que había dentro de él que, tantos años después, seguía queriendo que Apollonia fuera su madre. Por una vez–. Fue ella quien hizo que manipularan la avioneta. Es la responsable del accidente.

Susannah alzó una ceja, pero no dijo nada. Solo esperó y dejó caer la mano para agarrar el chal mientras seguía mirándole a los ojos. Y en cierto modo aquello le hizo más fácil seguir hablando.

–No he dejado de investigar el accidente de la avioneta. Tus investigadores te llevaron hasta mí, pero yo quería más. Porque si alguien trató de asesinarme una vez lo lógico sería que volviera a intentarlo.

–Lo frustrante es que hay muchas posibilidades –murmuró Susannah–. Y muchas dan vueltas en círculo.

Leonidas apretó los labios.

–Así es. Y como tú comprenderás, es una alegría para mi corazón darme cuenta de hasta qué punto me odian los de mi propia sangre.

Susannah le miró con más intensidad todavía.

–No te odian, Leonidas –afirmó con rotundidad–. No te conocen. Son gente pequeña y avariciosa que desea recibir cosas, nada más. Son víctimas eternas en busca de alguien a quien culpar. Miran alrededor en un mundo en el que tienen de todo y solo ven su propia desgracia.

Susannah sacudió la cabeza.

–Que esa gente te odie no dice nada respecto a ti, excepto tal vez que eres mucho mejor persona de lo que ellos serán jamás.

–Ten cuidado, pequeña –le advirtió Leonidas con aspereza–. Empieza a sonar como si después de todo sí te tengo.

Ella apartó la vista y Leonidas lo sintió como un puñetazo en el estómago a pesar de que Susannah sonrió.

–La verdad es que tu madre es la peor de todos –reconoció ella.

Leonidas no quería aquello. No quería hablar de su madre. Quería trazar la curva de la boca de Susannah hasta que su sonrisa fuera de verdad. Quería limpiarse de todo aquello. De su apellido, de su sangre.

–No lo digo como falta de respeto.

Leonidas soltó una carcajada carente de todo humor.

–Dudo que pudieras faltarle al respeto a mi madre ni aunque lo intentaras –el aire estaba muy claro en la isla, y había silencio. El tumulto estaba en su interior y él lo sabía–. No quería creer que hubiera sido ella. No quería que fuera ella.

Susannah susurró algo que le sonó a su nombre. Él continuó.

–Mis primos me parecían mejores sospechosos. Lo único que hacen es reunirse y planear complots. ¿Por qué no el mayor complot de todos? –Leonidas sacudió la cabeza–. Pero ninguno de ellos quiere de verdad las cosas que aseguran que les han quitado. No quieren estar al mando. Eso implica responsabilidad, y no les interesa. Solo quieren el dinero. Dinero y poder. La apariencia de poder, pero no el trabajo que lo acompaña. Por otro lado, mi madre...

Susannah tenía los ojos abiertos de par en par.

–A Apollonia no le gusta trabajar. Le gusta hablar de trabajo y asegura estar agotada por algún otro tipo de trabajo que nadie le ha visto nunca hacer.

Leonidas le sostuvo la mirada hasta que ella dejó escapar un suspiro.

–¿Estás seguro?

–Los investigadores llegaron a esa conclusión hace unas semanas –continuó él con amargura. Más amargura de la que debería, porque, ¿qué se había imaginado? ¿Que una mujer como su madre podría cambiar? Siempre había sido egoísta. Él lo sabía. La única sorpresa era cuánto–. Pero me negaba a aceptarlo.

–¿Tienen alguna prueba?

–No la tenían –dijo Leonidas apretando con fuerza las mandíbulas–. Pero ahora sí.

Y durante un instante se quedaron mirándose el uno al otro bajo el brillante sol griego sujetos por la tenaza de aquella horrible verdad.

Susannah no se disculpó por su madre. No expresó su tristeza por lo que, al final, no podía suponer una gran sorpresa para ella. Como no lo había sido para Leonidas por mucho que le costara admitirlo.

No era una sorpresa, pero no por eso dolía menos.

Susannah no se disculpó, pero tampoco apartó la vista. Y Leonidas pensó que justo aquella era la razón por la que nunca iba a olvidar a aquella mujer. Por eso se había metido tan dentro de su ser que ya no podría respirar sin sentirla a ella allí, cambiándolo todo con inconsciente abandono tanto si él quería como si no. Porque simplemente estaba allí con él. Como si estuviera preparada para quedarse allí toda la noche celebrando una vigilia por la madre que Leonidas nunca tuvo.

–Y ahora tengo que aceptar el hecho de que es mucho peor de lo que me podría haber imaginado –continuó él forzando las palabras porque pensaba que así sería mejor, no sabía por qué–. Ya es bastante malo que nunca haya mostrado el más mínimo sentido maternal. No importa que cuando podría haberme protegido de la rabia de mi padre se limitara a reírse y buscarse otro amante. Todo sigue en realidad la misma línea. No hay absolutamente nada de sorprendente en esta noticia –Leonidas sacudió ligeramente la cabeza como si estuviera mareado, aunque no lo estaba–. Y sin embargo...

–Y sin embargo –repitió Susannah. Esa vez le puso la palma de la mano en el hueco de los músculos del pectoral y la mantuvo allí. Leonidas sintió el contacto por todo el cuerpo–. ¿Qué vas a hacer?

–¿Qué puedo hacer? –Leonidas no torció el gesto. Se sentía como si se hubiera convertido en piedra, pero no en la piedra que ya conocía de antes. Era como si hubiera perdido la capacidad de endurecerse, de ponerse una armadura del modo en que quería. Y sabía que era culpa de la mujer que estaba allí de pie con la mano en su pecho como si fuera un talismán creado especialmente para él. Sabía que era culpa suya que ahora le importaran las cosas. Porque se dio cuenta de que perder lo que le había endurecido de aquella otra manera valía la pena si había sido para ganar eso.

Si tenía a Susannah no le importaban demasiado las cosas que había perdido.

Algo surgió entonces en él con profundidad y certeza. Algo que no quería saber. Y no solo porque se había creído incapaz de algo semejante, sino porque, tal y como acababa de probar aquella llamada telefónica, no sabía absolutamente nada sobre el amor.

–No puedo denunciarla –señaló haciendo un esfuerzo para sonar analítico–. No quiero que haya mucha atención en el accidente de avioneta y mucho menos en lo que pasó después. Aunque quisiera llevarla ante la justicia solo conseguiría un placer pasajero. Y por otro lado llevaría más inestabilidad a la empresa. Más preguntas, más preocupaciones. ¿Por qué permitir que cause más problemas de los que ya ha creado? –Leonidas trató de controlar la rabia–. Me robó cuatro años de mi vida. ¿Por qué debería llevarse nada más?

A Susannah le brillaron los ojos.

–Admiro tu sentido práctico. Pero, aunque tú no lo desees, yo quiero que pague.

Leonidas pensó que recordaría aquel momento para siempre. Su mano en el pecho y sus brillantes ojos azules defendiéndole. Nunca había sentido nada parecido a la luz que le atravesó entonces.

–Hacer que pague es muy sencillo –afirmó con un gruñido–. A ella solo le importa una cosa. Quítasela y será como enviarla a un campo de trabajo en Siberia –Leonidas se encogió de hombros–. Simplemente le cerraré el grifo. Ningún acceso al dinero. Se sentirá humillada en menos de una semana.

–¿Apollonia humillada? –Susannah sacudió la cabeza. Tenía la mirada dura–. Me cuesta trabajo creerlo.

Leonidas dio un paso entonces para apartarse, antes de no ser capaz de hacerlo. Antes de estrechar a su esposa entre sus brazos y decir cosas que sabía que no debía decir. Allí no había lugar para eso. Él no era así, no se comportaba así, y no podía permitirse ese tipo de debilidad. Y menos ahora, cuando lo único que había en su mundo era traición por un lado y una esposa cautiva por el otro. Y un bebé que llegaría a este mundo para conocer a un padre que había aprisionado a su madre en una isla.

Nunca quiso ser su propio padre, un bruto vestido con ropa buena para ocultarse mientras iba sembrando la destrucción. Y, sin embargo, a Leonidas nunca se le ocurrió pensar que, cuando todo estaba dicho y hecho, se parecía más a su madre de lo que quería admitir.

Lo que le estaba haciendo a Susannah lo demostraba.

Su padre se habría limitado a golpear a una mujer desafiante. Este tipo de juego era más de Apollonia. La manipulación y la traición eran la sangre de su vida.

¿Cómo era posible que no lo hubiera visto?

–Espero que le hagas saber que eres consciente de lo que hizo –dijo Susannah frunciendo el ceño–. Que no se ha salido con la suya. Que habrá consecuencias, tanto si le gusta como si no.

Pero Leonidas ya no la estaba mirando. Miró hacia las rocas y el mar que estaba más allá. Susannah le había advertido. No podía fingir que no fue así. Podía retenerla, pero nunca podría tenerla. Una jaula era una jaula.

Y se daba cuenta ahora porque él había salido de la suya. Finalmente había visto a su madre tal y como era. No una frívola de la alta sociedad que revoloteaba por todas partes, sino la mujer que había ordenado el asesinato de su propio hijo.

Ni siquiera lo había negado.

–Estabas muy pesado con mi asignación –le dijo cuando la llamó con tono irritado–. ¿Qué esperabas que hiciera?

Una parte importante de él habría preferido seguir encarcelado en el último jirón de mentira que había construido mucho tiempo atrás para explicar el comportamiento de Apollonia porque así resultaba más fácil.

Pero eso era mejor. Tenía que serlo. Aquella liberación tan triste debía de tener algún sentido aunque en aquel momento no pudiera verlo.

–Nunca he querido a nadie en mi vida –le dijo a Susannah allí fuera, con el aire fresco y el cielo azul–. Dudo que sea capaz de hacerlo y ahora sé por qué.

–Tú no eres responsable de las cosas que hizo esa mujer –respondió ella incorporándose–. De ninguna.

–Me temo que lo llevo en la sangre –confesó Leonidas–. No se trata solo de los Betancur. Está en cada parte de mí. Es algo corrupto. Maligno. Manipulador. De eso estoy hecho, Susannah.

–Leonidas... –comenzó a decir ella.

Pero él no se detuvo.

–He sido un dios y he sido un rey. He actuado como un amante, pero nunca he sentido nada. Puedo dirigir una empresa y liderar una secta, pero no tengo ni idea de cómo criar a un hijo. Cómo ser padre –sacudió la cabeza sin saber si estaba mareado o aquello era lo que se sentía al tener por fin una claridad devastadora–. No estoy seguro tampoco de saber cómo ser un hombre.

–Basta –dijo Susannah con voz áspera acercándose a él. Leonidas no se había dado cuenta de que había reculado–. No sigas por ahí.

No esperó a que él discutiera como seguramente haría. Salvó la distancia que los separaba y dejó caer el chal a sus pies sin molestarse en mirar atrás. Le rodeó la cintura con los brazos y echó la cabeza hacia atrás para mirarle.

–Quiero que dejes de hablar –le pidió ella.

Leonidas escuchó en aquel momento el poder y la

autoridad de la viuda Betancur. Una mujer que esperaba que sus deseos y órdenes se cumplieran.

Pero él nunca se había dejado dominar.

–¿Y si me niego?

Susannah se lo quedó mirando durante un largo instante y luego dio otro paso atrás. Mantuvo la mirada fija en la suya y se inclinó para recogerse el largo y vaporoso vestido que llevaba. Parecía no tener forma, pero conseguía enfatizar la dulzura de su figura. Se limitó a quedarse mirándolo con un brillo desafiante en los ojos mientras se lo quitaba. Y luego se quedó delante de él únicamente con las braguitas.

Le habían crecido los senos durante aquellas semanas, los tenía más redondos y pesados y el vientre empezaba a curvarse, recordándole al hijo que esperaba. Y el hecho de que era suya.

No importaba quién fuera él ni lo que había hecho, Susannah seguía siendo suya.

–Puedes rechazarme si quieres –le dijo ella con tono retador–. O puedes tomarme. Yo sé lo que elegiría yo.

Puede que Leonidas no fuera un gran hombre, pero era un hombre. Y en lo que se refería a aquella mujer no le quedaban defensas. La atrajo hacia sí y pegó la boca a la suya, tomándola con toda la salvaje ferocidad que le atravesaba.

Cruda. Caliente.

Perfecta.

Susannah era fuego, era deseo, y él era un hombre hambriento en lo que a Susannah se refería.

Siempre quería estar más cerca. Siempre quería saborearla más.

Leonidas la colocó sobre la hamaca en la que ella estaba sentada antes y se dejó ir. Fue algo frenético, fue una danza. Fue una locura y una belleza.

Y Susannah era suya.

Allí mismo, en aquel instante, era suya.

Y, cuando entró en su cuerpo en la que podía ser la última vez, se dejó creer que se la merecía.

Solo por aquella vez. Solo en aquel momento. Para saber qué se sentía.

La llevó al éxtasis. Hizo que gritara su nombre. La hizo rogar, y supo que no había escuchado nunca nada tan bello como el sonido de su voz suplicándole más. Y luego más todavía.

Cuando finalmente se dejó ir, Leonidas alcanzó la cima del mundo y se llevó a Susannah con él por una última vez.

Y aquella misma tarde, mientras el sol griego seguía brillando y el aire continuaba fresco, la subió a un helicóptero y la despidió.

Capítulo 12

NO FUE una buena semana.

Leonidas pasó la mayor parte del tiempo en su despacho porque no podía soportar estar en aquel maldito ático plagado de recuerdos de la esposa que había despedido.

«Por su propio bien», se decía cada vez que pensaba en ello. Pero aquello nunca parecía calmar su propia agitación. Estaba empezando a pensar que nada lo lograría.

Al principio le había impresionado que el espacio en el que había vivido con ella solo siete semanas pudiera estar lleno de ella, sobre todo porque Susannah había hecho todo lo posible por evitarle. Pero estaba por todas partes, llenando todos los niveles del ático como si fuera una especie de aria que no pudiera apagar o tan siquiera bajar. No entendía cómo podía habitar un espacio cuando ni siquiera estaba ahí, sobre todo cuando no había pasado el tiempo del mismo modo allí que en la isla.

Nunca habían compartido cama en Roma. Nunca la había tocado como le hubiera gustado allí.

Y, sin embargo, estaba allí tumbado como si pudiera captar su esencia en la almohada que ella nunca había tocado.

Cuando regresó de la isla, Leonidas pasó la primera noche en el ático sin pegar ojo, y desde entonces lo había evitado. Era más fácil pasar las veinticuatro horas del día en la oficina, porque siempre había alguna propiedad de los Betancur en el mundo que requería su atención. Leonidas se había volcado en el trabajo con la misma concentración con la que lo hizo antes de la boda. Hizo que el servicio empaquetara las cosas que Susannah había dejado en la habitación de invitados en la que se quedó mientras era viuda y se las envió a su nueva casa, al otro lado del mundo.

Tal y como él quería, se recordaba diariamente.

No le había preguntado al personal de la oficina de la Corporación Betancur en Sídney cómo le estaba yendo la vida en Australia. No la seguía nadie ni tenía ningún servicio de seguridad más allá de lo estrictamente necesario para una mujer de su posición. Leonidas se había prometido a sí mismo que aquel sería un corte limpio.

–Te preguntabas por qué no podías tenerme –le había dicho ella en la isla cuando le dijo que tenían que separarse.

Que lo suyo había terminado. Que estaba claro que su matrimonio funcionaba solo cuando estaban separados. Susannah habló con la voz cargada de una emoción que Leonidas no quería reconocer, y se tambaleó ligeramente al escucharla como si hubiera recibido un golpe.

–Esta es la razón –continuó ella–. No cabía la menor duda de que terminarías yéndote. Solo era cuestión de tiempo. Sinceramente, esperaba encontrarme con alguna aventura sórdida en el periódico. Así es como la gente que conocemos se envía estos mensajes, ¿verdad?

Leonidas quiso contestarle de un modo que no dejara dudas de que aquello no tenía nada que ver. Pero se controló.

–El mundo es muy grande –dijo con frialdad–. Lo único que te pido es que elijas un lugar donde vivir en el que haya alguna oficina de la Corporación Betancur cerca.

–¿Para poder monitorear mis movimientos?

–Para que si el niño o tú tenéis alguna vez algún problema la ayuda llegue rápido –respondió él apretando los dientes–. Estoy intentando por todos los medios no ser el monstruo de la historia, Susannah.

Pero se sentía como un monstruo.

–Quiero vivir en Sídney –respondió ella en un susurro áspero–. No solo quiero estar en un continente distinto a ti, sino con una franja horaria completamente distinta para que no podamos tener ni siquiera un día en común.

Leonidas no respondió como le hubiera gustado tampoco en esa ocasión. Lo que hizo fue enviar un avión a Atenas para que la recogiera allí y la llevara a Sídney. Estaría lo más lejos posible de su vida.

Y ahora tenía exactamente lo que quería.

Leonidas se recordó a sí mismo aquello mientras estaba de pie en la ventana del despacho a través de la que podía ver todo Roma y sentirse como un rey en lugar de un monstruo. Muchos hombres ricos y poderosos a lo largo de los siglos habían disfrutado de la misma vista que tenía él ahora. Roma había criado emperadores desde el principio de los tiempos, y él era uno más.

Un rey vacío en un trono vacío, pensó ahora con amargura. Pero aquello era lo que él había pedido.

No mentía cuando le dijo que siempre conseguía lo que quería. Pero nunca se le ocurrió pensar que podría ser una victoria tan pírrica, y lo cierto era que el mundo sin ella tenía un sabor a ceniza.

«Se pasará con el tiempo», se dijo ahora. «Como todo».

Leonidas se dio cuenta de que no estaba prestando atención a la videoconferencia que él mismo había organizado, del mismo modo que no había prestado mucha atención a nada en los últimos días. Se había dado cuenta de que su memoria no iba a mejorar. Ya era demasiado buena como estaba, porque lo único que hacía era repetir en su cabeza cada momento de interacción que había tenido con Susannah desde que ella lo encontró en el campamento.

–Quiero dejar esto zanjado –intervino en la acalorada conversación entre varios vicepresidentes repartidos por todo el mundo porque ya no le quedaba paciencia. Todo el mundo guardó silencio–. Rápidamente.

Alguien se aclaró la garganta.

–Por supuesto –dijo el vicepresidente filipino con tono pausado–. Pero llevará un poco más de tiempo...

–Quiero dejarlo ya arreglado –lo interrumpió Leonidas, esa vez con mayor brusquedad–. No quiero discutir más. Si no podéis hacerlo vosotros buscaré a alguien que lo consiga.

Terminó la llamada con más fuerza quizá de la necesaria, y cuando se dio la vuelta para mirar por el cristal hacia la planta ejecutiva se quedó paralizado.

Creyó estar alucinando. Y en cierto sentido lo agradeció.

Leonidas había empezado a pensar en su tiempo en Idaho como en una gigantesca alucinación. Le estaba resultando más un sueño que la realidad que había conocido durante cuatro años, la única realidad que había conocido mientras la vivía. Decidió que tal vez simplemente necesitaba aceptar que era la clase de persona para quien la realidad resultaba maleable. Así que tenía todo el sentido ver a Susannah avanzar por la planta ejecutiva de la Corporación Betancur vestida con su habitual atuendo negro.

Su viuda había resucitado. Y se dirigía directamente hacia él.

Leonidas se dijo que lo que sentía al verla dirigirse hacia su despacho con una expresión inescrutable en su hermoso rostro era furia.

Por cómo se le aceleró el pulso. Por cómo le latía el corazón contra las costillas. Por el temblor de la entrepierna.

«Furia». Se dijo que tenía que ser furia porque Susannah se hubiera atrevido a contradecir sus deseos y aparecer allí.

Porque no permitiría que fuera ninguna otra cosa.

Susannah saludó con una inclinación de cabeza a su secretaria, pero no disminuyó la marcha. Pasó por delante de la recepción y entró en su despacho como si él le hubiera enviado una invitación para hacerlo.

Y entonces estaba allí. Justo allí. Solo había pasado una semana desde que la vio por última vez en la isla. Una semana desde que le dijo las palabras que sabía que le harían daño, y así fue. Una semana desde que la tuvo delante con los labios temblorosos, como si estuviera tratando de contener las lágrimas. No dejó caer ni una sola.

Leonidas también sintió aquello como una pérdida. Pero aquel día se dijo que su respuesta hacia ella era de furia porque así tenía que ser. No se movió mientras ella seguía avanzando con paso firme.

Antes de llegar a la ventana, Susannah giró a la izquierda hacia el escritorio. Su mirada azul se cruzó con la suya y Leonidas se sintió tenso porque no le miraba de un modo precisamente amistoso. Susannah le sostuvo la mirada mientras apretaba el botón que hacía que todas las ventanas que daban al resto de la oficina se volvieran ahumadas, dándoles el tipo de intimidad que él no deseaba.

–Se suponía que estabas en Sídney –le espetó con

voz fría como el acero–. Sídney, Australia. Muy lejos de aquí.

–Como puedes ver, no estoy en Sídney.

Aquella mujer le hacía sentir... sed. Se la bebió con los ojos y quiso que sus manos hicieran el mismo recorrido que su mirada. El vestido negro que llevaba se le ajustaba de forma perfecta, y desviaba la atención al pequeño montículo de su vientre. Tan pequeño que dudaba que alguien más aparte de él supiera lo que significaba.

Pero él lo sabía. Sí, claro que lo sabía.

Y esa vez, al sentir una nueva oleada de furia supo que no estaba enmascarando nada. Supo que era real.

–¿Crees que te envié lejos por mi salud? –inquirió.

Ella emitió un sonido.

–Me da igual por qué me enviaste lejos, Leonidas.

Nunca antes le había escuchado un tono así. No era en absoluto frío. Ni calmado. Le resultó tan impropio de la Susannah que él conocía que casi le hizo dar un paso atrás.

La miró frunciendo el ceño y se dio cuenta de pronto que aunque parecía tan controlada por fuera como de costumbre, con aquel atuendo negro y el pelo recogido en un moño, solo era en la superficie.

En sus ojos azules había una tormenta.

Y tan cerca de ella, ocultos tras los cristales ahumados del despacho, se dio cuenta de que además estaba temblando.

–Susannah...

–Me da igual –dijo con más sequedad esa vez. Dio un paso hacia él y luego se detuvo, como si no estuviera muy segura de poder controlarse–. Por una vez me da igual tu salud o tus sentimientos o cualquier cosa. Dios mío, Leonidas, ¿te das cuenta de que toda mi vida ha girado en torno a ti?

–Lo dudo –le espetó él. Por aquella idea. Por lo que movió dentro de él, algo muy parecido a la vergüenza–. Dudo que me hubieras elegido en una rueda de reconocimiento antes de nuestra boda.

Susannah soltó una amarga carcajada.

–Estás pensando en ti, no en mí –le respondió–. Algo bastante frecuente, por cierto.

Al ver que Leonidas se limitaba a parpadear, continuó.

–Yo era una adolescente. Mis padres me dijeron que estaba prometida a ti mucho antes de que nos casáramos, y créeme, sabía perfectamente para quién estaba reservando mi vida. Eras Leonidas Betancur. Podría haberte encontrado en la oscuridad con los ojos vendados.

–Yo no soy responsable de las fantasías de una colegiala –murmuró apretando los dientes.

Susannah asintió como si le hubiera confirmado sus expectativas, por muy bajas que fueran.

–El día de nuestra boda te esforzaste mucho en dejarme claro que las cosas que eran importantes para mí no significaban nada para ti. Como mi fantasía colegial de que me trataras como un hombre trata a su novia el día de la boda. Y lo acepté porque mi madre me dijo que esa era mi obligación.

Leonidas no supo si sentirse desafiado o avergonzado por aquello. Decidió que prefería lo primero.

–Tenías diecinueve años y yo estaba muy ocupado...

–Pero entonces moriste –continuó ella con cierto temblor en la voz. Pero no pareció importarle y dio un paso más hacia delante–. ¿Se te ha pasado alguna vez por la cabeza lo fácil que hubiera sido para mí casarme con alguien después de eso?

–Te habrías convertido en bígama, pero tengo la

sensación de que eso no es importante en este sesgado retrato de nuestra relación.

–No creo que la palabra «relación» sea la más adecuada para describir un compromiso distante, una boda de circo durante la que solo hablaste con tus socios, tu muerte y resurrección y mi insensato intento de ayudarte.

–Susannah –Leonidas apretó con fuerza los labios–. Soy un hombre extremadamente ocupado, como sin duda ya sabes. Podrías haberme enviado este sermón por carta, ¿por qué has volado dieciséis mil kilómetros para decírmelo en persona?

Ella lo observó durante un instante. Seguía temblando un poco. Los labios. Las manos. Lo veía incluso en las piernas. Pero ella no parecía darse cuenta.

–Todo el mundo estaba muy interesado en que me volviera a casar, Leonidas. Me acosaron y me manipularon, me presionaron. Nadie me tomaba en serio. Nadie quería que yo me quedara con todo. Pero persistí.

–Sí, y tu persistencia te convierte en una gran heroína, no me cabe duda –afirmó Leonidas con ironía–, teniendo en cuenta que eso te convirtió probablemente en la mujer más poderosa del mundo. Mi corazón llora por tu sacrificio.

–Persistí por ti, arrogante... –Susannah se detuvo.

Leonidas vio cómo aspiraba con fuerza el aire, como si necesitara tranquilizarse. Y luego volvió a clavar sus ojos azules en él.

–Persistí por ti. Porque tenía una idea de ti en mi cabeza.

–Basada en las tonterías de la prensa rosa y en demasiados cuentos de hadas, no me cabe la menor duda.

–Porque bailaste conmigo en nuestra boda –le corrigió ella con voz tan calmada como firme–. Me sostuviste entre tus brazos y me miraste como si yo fuera... todo. Una mujer. Tu esposa. Durante un breve instante pensé que podría ser. Que podría funcionar.

Leonidas no dijo nada entonces. Recordaba aquel baile, y no supo si fue el recuerdo o el anhelo lo que se movió en él ahora. La urgencia de volver a estrecharla entre sus brazos sin tener que fingir que tuviera algo que ver con bailar, con bodas o con galas se apoderó de él.

Pero Susannah seguía avanzando hacia él con aquella mirada salvaje en los azules ojos.

–Dirigí esta empresa durante cuatro años –afirmó–. Me convertí en un icono. La viuda intocable. Una leyenda. Y mientras tanto no dejé de buscarte.

–Nadie te pidió que lo hicieras –gruñó Leonidas–. Deberías haberme dejado en aquella montaña. Nadie te habría culpado. Qué diablos, lo habrían celebrado.

–Te busqué y luego te encontré –continuó ella como si no le hubiera escuchado–. Te saqué de allí. Incluso dulcifiqué el momento con la virginidad que había estado guardándome todos esos años. Pero como con todo lo demás, no pareciste darte cuenta de que era un regalo.

–Vamos a ver –Leonidas se irguió, haciéndose todavía más alto, y su voz sonó despectiva–. ¿Has venido hasta aquí para recordarme que te debo una nota de agradecimiento? Le diré a mi secretaria que redacte una enseguida. ¿Querías algo más?

Susannah sacudió la cabeza como si la hubiera decepcionado de nuevo.

–Conoces a tus primos. Te puedes imaginar hasta qué extremos estuvieron dispuestos a llegar para controlarme a mí y a la empresa.

Lo cierto era que Leonidas lo sabía. Aunque no quería saberlo.

–Durante años me negué a beber de ningún vaso del que no hubiera bebido alguien antes –le dijo–. Porque no quería despertarme y encontrarme drogada y casada con algún Betancur que luego me declararía demente y me llevaría a una institución mental en cuanto pudiera. ¿Crees que eso fue divertido?

–Así que eso es un «sí» –dijo Leonidas tras un instante sintiéndose más y más seguro de que si Susannah no se iba pronto iba a hacer algo que lamentaría. Como olvidar por qué la había enviado lejos–. Quieres una nota de agradecimiento.

Pero esa vez, Susannah acortó la distancia que había entre ellos. Y estaba justo delante de él, a punto de tocarle. Seguía temblando, y Leonidas supuso entonces que aquellos escalofríos no eran miedo o emoción.

Era rabia.

Estaba furiosa. Con él.

–Quería marcharme cuando te trajimos a casa desde Idaho, pero me rogaste que me quedara –le recordó.

–¿Rogarte? –Leonidas se rio. Forzadamente–. Tal vez tu memoria tenga tantas brechas como la mía.

–Lo más gracioso es que yo lo sabía. Sabía que nada bueno podía salir de ahí. Que siempre acabaríamos en el mismo sitio –la tormenta de sus ojos se hizo más salvaje. Más traicionera–. Aquí mismo.

Leonidas no dijo nada. Solo podía limitarse a estar ahí de pie frente a ella, deshecho en modos que no quería pararse a investigar porque no creía que tuviera arreglo.

«Porque da lo mismo», le dijo su voz interior. «Nada importará cuando ella se haya ido».

Se dijo a sí mismo que la vida fría y consumida por la empresa era mejor. Mucho mejor que aquello.

–Estoy embarazada, Leonidas –le dijo entonces ella como si las palabras le dolieran al pronunciarlas–. ¿No entiendes lo que eso significa? Soy tu mujer y la madre de tu hijo. Pase lo que pase, esas dos cosas no van a cambiar.

Apretó los puños a los lados como si se estuviera conteniendo para no pegarle.

–Parece que nunca has oído hablar del divorcio que pediste –le dijo él sin ningún cariño–. Tal vez no te lo enseñaron en ese estricto convento en el que soñabas con bailes nupciales antes de llevarte una cruel desilusión.

–Eres un cobarde –le dijo entonces ella con voz clara.

La oleada de furia volvió a apoderarse de él. Era como si todo se hiciera una bola y se convirtiera en un relámpago único de luz.

–Dilo otra vez –la invitó acercando los labios a escasos milímetros de los suyos–. Te desafío.

Pero Susannah se había casado con él cuando era una adolescente y había sido su viuda durante años cuando cualquier otra persona habría desistido. Tal vez por eso no le sorprendió que no reculara.

En todo caso, los ojos le brillaron con más fuerza.

–Eres un cobarde –volvió a decirle, esa vez con más fuerza–. Me llevó mucho tiempo darme cuenta de que las cosas son como son. Estaba convencida de que te comportarías exactamente como dijo mi madre. Como todos los hombres que ella conoce, mi padre entre ellos. Que serías infiel y poco amable como ellos porque creen que no tienen que ser nada más allá del contenido de sus cuentas bancarias. Di por hecho que tú eras igual.

–Soy todo eso y mucho más –aseguró Leonidas.

–Esos hombres son débiles –le espetó ella–. Si

cualquiera de tus primos hubiera ido en la avioneta que se estrelló, habrían muerto. Pero no por el impacto, sino porque no tienen el instinto de lucha. Cada una de las cicatrices de tu cuerpo cuenta una historia sobre el auténtico Leonidas Betancur. Y cada una de esas historias habla de cómo superar cosas contra todo pronóstico. No liderabas el campamento por casualidad. Podrían haberte matado cuando te encontraron, pero no lo hicieron. Podrían haberte puesto a trabajar de cocinero o de guarda, pero te convirtieron en su dios.

–Un dios y un guarda son prácticamente lo mismo en un lugar donde no hay agua corriente y el invierno dura diez meses –murmuró Leonidas con tono seco.

–Te dije que no podías tenerme, pero solo me estaba protegiendo a mí misma –susurró ella.

–Algo en lo que deberías pensar ahora, Susannah.

–Pero nunca me contaste la verdad –lo acusó–. Que nadie puede tenerte a ti, Leonidas. No se trata de mí en absoluto.

Aquello le impactó y no le gustó nada.

–No sabes lo que dices.

–Estás tan lleno de odio hacia ti mismo y llevas dentro de ti tanta oscuridad que crees que no tienes nada que darle a nadie, Leonidas. Es así.

Sus palabras le cayeron como piedras en el pecho. Los azules ojos de Susannah le abrasaban, mirándole con acusación y con algo más. Desafío tal vez.

Pero daba igual, porque Susannah tenía razón.

–No tengo nada que dar –se oyó decir finalmente como si la voz llegara de lejos–. Nunca lo he tenido.

Susannah emitió un sonido quedo y áspero y la mirada de sus ojos cambió. Seguía siendo eléctrica, pero parecía como si la tormenta se hubiera suavizado.

Entonces le pasó los brazos por la cintura y lo

abrazó. Leonidas sintió el deseo de apartarla de sí antes de que aquella suavidad le destrozara como sabía que haría.

–Sí tienes –le dijo como si fuera una verdad evidente–. Tienes todo que dar. Eres un buen hombre, Leonidas.

Él dejó escapar una risotada corta y áspera.

–Eso no es verdad. Tú no me conoces, Susannah. Podría ser un desconocido que ves pasar por la calle.

–Sí es verdad –insistió ella con determinación–. Porque entré en una sala en un campamento aterrador en una montaña y conocí a un desconocido que no tenía motivos para tratarme con amabilidad. Podrías haberte portado mal conmigo y no lo hiciste.

–Me quité la virginidad.

–Yo te la entregué, y aun así no me hiciste ningún daño –afirmó Susannah acaloradamente–. Piensa en ello, Leonidas. Cuando creías que eras un dios no abusaste de tu poder. Lo templaste.

Leonidas sucumbió a la tentación de abrazarla también, pero enseguida la soltó.

–Nada de eso importa ahora.

–Claro que importa –Susannah sonaba frustrada–. Crees que eres igual que tus padres, pero no lo eres. Crees que eres como tus primos, pero no hay comparación. No te pareces a nadie que yo conozca.

–Eso no es más que una máscara –masculló él entre dientes.

–El Conde que vivía de acuerdo con sus ideales y siendo fiel a sus votos no llevaba máscara –afirmó ella–. La máscara es esto, aquí. Los Betancur. No tú.

Leonidas se apartó entonces de ella, antes de hacer algo que no sería capaz de olvidar. Como estrecharla con fuerza entre sus brazos.

Puso entre ellos una distancia que no tendría que

haber permitido nunca que ella cruzara y se estiró el traje como si estuviera comprobando que le encajaba. Susannah estaba equivocada. Aquella era su vida, no una máscara. Ese era el problema.

–Os mantendré a ti y al niño –dijo bruscamente ignorando la sequedad de su propia voz–. A ninguno de los dos os faltará nunca de nada. Si quieres volver a casarte nada cambiará. Si quieres conservar el apellido Betancur, también te doy mis bendiciones. Depende completamente de ti, Susannah. Lo único que te pido es que vivas lejos de aquí, donde no haya nada de esto –su voz era excesivamente áspera y lo sabía, pero no se sentía capaz de parar–. Que no haya estas mentiras y estos juegos. Cría a ese bebé para que sea otro tipo de Betancur.

–Es un niño –afirmó ella con total claridad.

Leonidas se limitó a quedarse mirándola como si todo se hubiera convertido en hielo allí mismo.

–Es un niño, Leonidas –repitió ella esa vez con una sonrisa real. Y no esperó a que procesara la información, sino que siguió clavándole el puñal más profundamente–. Y tienes una elección que hacer. ¿Vas a tratar a tu propio hijo como tu padre a ti o demostrarás ser un hombre mejor? ¿Te comportarás como tu madre, tan horrible que cuando su único hijo descubrió que ella había planeado su asesinato no demostró ninguna sorpresa? ¿O te asegurarás de que tu hijo nunca pueda llegar a creer que seas capaz de algo así?

–Estás dándome la razón, Susannah. Mira de dónde vengo.

–Sé perfectamente de dónde vienes porque yo vengo del mismo sitio –afirmó ella con rotundidad–. Y he estado enamorada de ti desde el momento en que supe que iba a ser tuya.

No era la primera vez en su vida que Leonidas se

hacía añicos, pero esa vez pensó que el daño iba a ser permanente.

–Eso no es más que una fantasía de colegiala –consiguió decir.

–Tal vez. Pero ahí está. Y no ha hecho más que crecer, además. No creo que se vaya a ir a ninguna parte.

–Tienes que irte –afirmó Leonidas. Pero su voz no parecía la suya.

–Voy a hacer algo radical, algo que nuestros padres nunca hicieron ni por ti ni por mí. Voy a querer a este niño. A nuestro hijo –Susannah le sostuvo la mirada como si quisiera clavarlo en la pared–. ¿Y tú?

Leonidas reculó como si le hubiera golpeado. Una parte de él deseó que hubiera sido así. Sabía cómo recibir golpes. Lo había aprendido de niño, a manos de su propio padre...

Y la idea de que su propio hijo recibiera las palizas que él se había llevado le ponía enfermo hasta la médula.

–Ya te he dicho antes que no sé cómo amar. No sé qué es eso.

Pero ella siguió. Aquella mujer que le había salvado. La mujer que nunca vio al monstruo que había en él.

–Yo tampoco –le dijo ella acercándose más–. Pero quiero intentarlo. Inténtalo conmigo, Leonidas.

Él no quería moverse, pero se vio a sí mismo de rodillas, aunque era un hombre que no se arrodillaba. Estaba de rodillas y Susannah seguía acercándose, y entonces la abrazó por la cintura y le besó el vientre en el que crecía su futuro. Varias veces.

Y cuando alzó la vista hacia su rostro vio las lágrimas de Susannah deslizándose desde aquellos ojos tan azules como el cielo de verano. Tan claros como una promesa. Tan perfectos como un voto.

–Lo intentaré, Susannah –susurró–. Por ti. Por él... me pasaré el resto de mi vida intentándolo.

–Yo te amaré lo bastante por los dos, Leonidas –afirmó ella con la voz quebrada por la emoción–. Y este niño te querrá todavía más.

–Y yo os amaré a los dos con todo mi corazón –replicó Leonidas consciente de que al decirlo algo cambió en él. Era un hombre diferente.

No el invulnerable Leonidas Betancur que se había estrellado en una avioneta. No el Conde que se creía como mínimo un profeta, pero más bien un dios. Era esos dos hombres y más, el marido que amaba a aquella mujer desde que la besó en un campamento lejano y le devolvió a la vida.

La vida. El amor. Con Susannah las dos cosas eran lo mismo.

–Lo intentaré hasta que me salga bien –le prometió–. Por mucho que tarde. Te doy mi palabra.

–¿Tu palabra de Betancur? –le preguntó ella.

Pero sonreía como si ya conociera la respuesta.

–Como el hombre que te necesita y te desea y que no quiere estar nunca separado de ti –respondió él–. Como el marido que no puede imaginarse el mundo sin ti. Como el loco que perdió la memoria y ahora no ve nada en este mundo que no seas tú.

Y puso la boca en la de su preciosa Susannah para demostrarle lo que quería decir.

Para siempre.

Capítulo 13

ADONIS Esteban Betancur llegó al mundo soltando un rugido.

Tenía el pelo oscuro y unos puños que parecía considerar poderosos y que agitaba todo el rato con entusiasmo.

Susannah no había visto nunca nada tan hermoso como que aquel bebé de fuerte personalidad tuviera a su intimidatorio e implacable padre comiendo de su mano.

Aunque su vida juntos era casi igual de hermosa.

Leonidas se dio cuenta de que no tenía gran interés en dirigir la Corporación Betancur solo, y menos cuando podía tener a Susannah a su lado para que la dirigiera con él. Leonidas había sido una fuerza que temer. Pero la viuda Betancur contaba con su propio e innegable poder.

No había nada que juntos no pudieran hacer.

Susannah estaba embarazada de gemelas cuando se acercó a ella una noche tras haber dejado en la cama a Adonis, de cuatro años, después de contarle historias de valientes dioses griegos y grandes aventuras. Susannah le miraba desde donde estaba sentada, al lado de la piscina en la suave noche australiana, en la misma casa de Sídney a la que la había enviado a vivir sola una vez.

Leonidas sonrió cuando se acercó a ella y se sentó a su lado en el sofá de exterior.

Apoyó un brazo en el respaldo del sofá y se inclinó para besarla mientras ponía el otro brazo sobre el abultado vientre, riéndose contra su boca cuando una de sus hijas le dio una patada.

–Cuando le cuentas a Adonis historias de dioses, ¿le dices que tú fuiste uno de ellos? –bromeó Susannah.

Él la besó más apasionadamente durante un instante, dejando que saboreara aquella ansia que se había intensificado a través de aquellos años plenos y brillantes. Y cuando se apartó tenía una sonrisa lobuna que prometía un buen final para la velada.

–Esa es una historia que apreciará más cuando sea mayor –murmuró Leonidas–, cuando olvide lo mucho que me admiraba de niño.

No mencionó lo poco que él había admirado a su padre. No hacía falta, quedaba claro cada vez que no golpeaba a su propio hijo. Cada vez que no perdía los nervios y usaba los puños para dejar clara su postura.

Cada vez que no tenía que «intentar» querer a su hijo y a su mujer. Simplemente le pasaba aunque no hubiera tenido ningún modelo parental en esa área.

Porque, cuando Leonidas Betancur decidía hacer algo, lo hacía bien.

Susannah había estado a su lado mientras él lidiaba con su madre aquellos últimos años tras cortarle el grifo de la fortuna Betancur, como había prometido. El mundo había sido testigo de la melodramática respuesta de Apollonia, que le contó a toda la prensa que quisiera hacerse eco de su desgracia.

–Si quieres ver a tu nieto –le dijo Leonidas la última vez que se presentó donde no era bien recibida–, tendrás que esforzarte mucho en convencerme de que te lo mereces.

Los insultos que su propia madre le soltó entonces fueron horribles, pero no supusieron ninguna sorpresa.

Y lo último que supo de Apollonia fue que estaba en Cape Town con uno de sus muchos amantes.

Mientras tanto, la llegada de Adonis había abierto algo en el corazón que Susannah no sabía que su padre tenía.

–Supongo que no hace falta ser un buen hombre para querer a un bebé –le dijo a Leonidas maravillada poco después de que naciera el niño, cuando su padre no solo insistió en ir a visitarlo, sino que además reprendió a Annemieke por su actitud severa. Porque, si no se equivocaba, su malhumorado padre se había enamorado completamente de su nieto.

–No –reconoció Leonidas–, pero, si tienes suerte, querer a un niño puede enseñarte cómo ser mejor persona.

Leonidas era algo más que un buen hombre, pensó Susannah. Quería a su hijo con todo su corazón y eso se notaba.

Tanto que casi resultaba gracioso imaginarse que cinco años atrás habían prometido «intentar» quererse.

–¿Sabes qué día es hoy? –le preguntó Susannah ahora.

–Martes –contestó él trazando dibujos en su vientre como si enviara un mensaje codificado a las gemelas que había dentro–. En Sídney, Australia, donde puedo decir encantado que estamos los dos en la misma franja horaria.

–Cinco años atrás te fui a buscar a la oficina de Roma, embarazada de Adonis y muy, muy enfadada contigo –le recordó–. Y, si esto es para ti «intentar» amarme, no me quiero ni imaginar lo que sería conseguirlo. O cómo se lo tomaría mi corazón.

Leonidas se giró hacia ella con su hermoso y duro rostro envuelto en sombras. Pero Susannah podía verlo.

–Te amo, Susannah –le dijo con tanta seriedad que se le grabó a fuego en el corazón–. Hace cinco años me salvaste. Y desde entonces me has salvado cada día. Y tu corazón podrá asumirlo, te lo prometo. Yo me aseguraré de ello.

–Yo también te amo –susurró Susannah cuando sus labios reclamaron los suyos.

Sintió la sonrisa de los labios de Leonidas contra su boca.

–Lo sé –le dijo él–. ¿No te has enterado? En algunos sitios me adoran como a un dios.

Pero nadie podía adorar a aquel hombre tanto como ella, pensó Susannah mientras se reía. Aquel hombre tan excepcional y perfecto. Su marido. Su otra mitad. El hombre que amaba desde que era una niña, y al que amaba mucho más ahora que era una mujer.

Así que se lo demostró allí mismo en el patio mientras se levantaba un viento con trazas de verano.

Del mismo modo que se lo demostraría el resto de su vida juntos, día tras día.

Resultó que Leonidas tenía razón. Su corazón estaba perfectamente, aunque más grande y más brillante de lo que podría haberse imaginado cuando subió aquella montaña tanto tiempo atrás y recuperó al marido que después de todo no había perdido.

Y que no volvería a perder mientras vivieran.